PIERRE MORENCY

LE MUR DES TOILETTES

M⬛RENCY
EDITION

Catalogage avant publication de Bibliothèque et Archives nationales du Québec et Bibliothèque et Archives Canada

Morency, Pierre, 1966-

Le mur des toilettes

ISBN 978-2-924607-03-9

I. Titre.

PS8626.O742M87 2015   C843'.6   C2015-942121-7
PS9626.O742M87 2015

Auteur : Pierre Morency
Gestion éditoriale : Manon Bergeron et Danielle Lalande
Graphisme : Julie Deschênes

Dépôt légal — Bibliothèque et Archives nationales du Québec, 4e trimestre 2015

ISBN 978-2-924607-03-9

Gouvernement du Québec — Programme de crédit d'impôt pour l'édition de livres — Gestion SODEC

Morency Édition remercie la SODEC pour l'aide accordée à son programme éditorial.

Imprimé au Canada

Cette histoire est pour vous, si vous êtes prêt
à découvrir un peu la folie de la vie.

PROLOGUE

À vingt-deux ans, j'ai trouvé l'amour de ma vie. Ses cheveux blonds et ses yeux verts m'ont fait chavirer. Aussitôt j'ai succombé à son charme et je suis tombé amoureux. C'est ce qu'on appelle le coup de foudre. À partir de ce moment, je l'ai poursuivie partout et sans relâche jusqu'à ce qu'elle m'ouvre enfin ses bras. La vie prenait soudainement des couleurs rosées.

Avec cette femme dans ma vie, je ne pouvais qu'être l'homme le plus heureux de la terre. Mais la vie allait en décider autrement. Quelques mois plus tard à peine, alors que j'assistais, à l'université, à un cours sur la programmation de l'écoulement des fluides, j'ai ressenti une drôle de vibration. J'avais le vague pressentiment que quelque chose de grave venait de se produire et j'étais littéralement déstabilisé. Il fallait absolument que je sorte de ce local où j'étouffais.

L'intuition est plus forte que tout. J'étais persuadé qu'un malheur était arrivé à celle que j'aime. Je lui ai téléphoné à plusieurs reprises mais sans succès. Quelques instants plus tard, ce fut à mon tour de recevoir un appel. Mon avenir, j'en étais certain, dépendait de ce coup de fil. Je pris une profonde respiration, avec l'impression que je ne pourrais plus jamais expirer. Le malheur était à l'autre bout du téléphone. L'amour de ma vie venait d'avoir un accident de voiture et elle était décédée.

Cette nouvelle eut l'effet d'une bombe. Je n'arrivais pas y croire. En titubant, je suis retourné en classe pour y prendre mes effets personnels. Tous les yeux se tournèrent vers moi. Je devais être livide. Je sentais la panique monter en moi. D'un violent coup de poing, je fis voler l'écran de mon ordinateur qui se fracassa au sol dans un vacarme assourdissant. Je suis parti sans dire un mot à personne. Je savais que je ne reviendrais jamais dans ce local et que je ne terminerais pas ces études. Le mauvais sort en avait décidé autrement.

J'ai couru jusqu'à l'hôpital, même si je savais qu'il était déjà trop tard. J'ai pu la revoir une dernière fois. J'étais inconsolable et je pleurais tout en la prenant dans mes bras, malgré l'op-position du personnel infirmier. Je m'accrochais à son corps, j'embrassais son visage d'ange que je trouvais toujours très beau malgré ses blessures. Je ne voulais pas la quitter. On dut me donner une injection pour me calmer.

Ce soir-là, nous devions célébrer notre premier anniver-saire de couple au restaurant. Alors qu'elle venait me chercher à l'université, la mort l'a happée. J'étais effondré. Les jours qui suivirent furent les plus horribles de ma vie. Inconsolable, je refusai d'assister à l'enterrement. Je ne voulais voir personne. J'avais perdu tout espoir d'une vie heureuse et ne pensais plus qu'à me suicider pour en finir une fois pour toutes avec la dou-leur. Je désirais, plus que tout, la rejoindre le plus rapidement possible là où elle reposait en paix.

Mais la vie allait se charger de tout régler. La perte de Jennifer n'était que le début de mes aventures.

Voici donc mon histoire.

CHAPITRE

– 1 –

En quête du meilleur moyen pour m'enlever la vie, je me rends au centre commercial. Comme je suis physicien, je possède une certaine rigueur scientifique et je me concentre sur une méthode absolument infaillible pour mettre fin à mes jours. Rien de plus simple, il suffit d'avoir les bons ingrédients.

Depuis le drame, je n'arrive pas à dormir et j'ai besoin d'un café. Le double expresso que je siffle en une gorgée m'éclaircit les idées, mais me barbouille l'estomac. Vite, je dois me rendre aux toilettes.

J'ai du mal à réaliser que la scène est vraie tant je me sens ridicule : je me retrouve dans les toilettes publiques d'un centre commercial, pantalon aux chevilles, les mains de chaque côté du visage, à pleurer à chaudes larmes. Au moment où je pense avoir perdu toute dignité, quelqu'un frappe à la porte du cabinet. Il est inquiet, car il m'a entendu pleurer. Et puis, je suis enfermé dans cet endroit depuis un bon moment déjà, ce qui est anormal.

Je me ressaisis aussitôt et, d'une voix tremblante, j'assure à mon bon samaritain que tout va bien. J'attrape un bout de papier et j'essuie rapidement mes larmes. Ce faisant, je découvre au même moment un graffiti comme il y en a tant sur les murs des toilettes : « Quand tu as tout perdu, tu n'as plus rien à perdre. » Je lis et je relis cette inscription et je me mets à penser que si j'ai tout perdu, si je l'ai perdue, elle, c'est donc que je n'ai plus rien à perdre maintenant. Une petite voix monte à l'intérieur de moi : « Tant qu'à avoir tout perdu, pourquoi ne pas tout essayer ? » Oui, pourquoi pas ? Je vais tout essayer, tout tenter, tout risquer. Je ne peux pas descendre plus bas de toute façon. Avec mon ongle, je réussis à graver un pâle « Merci » sur la peinture écaillée du mur des toilettes. Puis, je quitte le cabinet d'un pas décidé, la tête haute, conscient que ces quelques mots m'ont sauvé la vie.

Comme on le verra plus loin, va débuter une longue chasse au trésor qui me mènera là où je n'aurais jamais osé l'imaginer. Jamais je ne me serais douté que tout ce que j'allais lire sur les murs bavards des toilettes du monde entier allait changer ma vie et m'entraîner dans des aventures rocambolesques. Mais j'ai une confiance absolue en la vie et suis bien décidé à suivre toutes les pistes qui s'ouvrent devant moi. Mes brèves études de prêtrise m'ont enseigné que quiconque perd gagne aussi. Ne me restait plus qu'à vérifier cet adage sur le terrain.

En retournant vers les boutiques du centre commercial, je me prends les pieds dans la canne d'un aveugle et m'étale de tout mon long sur le sol. Je me redresse sans trop de mal et m'empresse de ramasser la canne blanche que j'ai entraînée avec moi dans ma chute. Je me confonds en excuses en la remettant dans les mains de l'aveugle. Celui-ci me remercie. Puis, au moment où je reprends mon chemin, il me retient par le bras. Il a quelque chose à me dire qui lui semble important. Il a peut-être perdu la vue, mais il a gagné très certainement un sixième sens. Même si je ne suis pas du tout en état d'entendre ou d'écouter qui ou quoi que ce soit, je prête l'oreille.

— Jeune homme, tu viens de tomber. Tu auras maintenant le plaisir de te relever.

Je n'y comprends rien. Je ne veux pas vraiment comprendre. Je suis sur le point de retourner dans l'antre de l'enfer aux toilettes pour passer à l'acte ultime.

Mais je suis abasourdi par la sagesse du propos de cet aveugle. Il continue, sans attendre de réponse de ma part :

— Sur terre, il faut l'absence pour retrouver la présence. Il faut la noirceur pour voir les étoiles. Il faut le froid pour apprécier la chaleur. Il faut la soif pour retrouver le goût de l'eau. Il faut le blanc pour le noir. Il faut l'abandon de la liberté pour la retrouver.

À peine sa tirade terminée, il me rappelle que je viens de me jurer de tout essayer et de tout risquer. Comment a-t-il pu le savoir ? Quel monde de fou ! Ça n'a aucun sens !

Pis encore, il renchérit !

Sur un ton catégorique, voire prétentieux, il me lance :

— Voici ton premier défi. Demande à la prochaine personne que tu croiseras quel est son plus grand rêve. Puis, offre-lui ton temps. Et tu recevras tout en retour.

Avant même que j'aie le temps de le questionner, de l'injurier, de l'étreindre et de l'étouffer, il est déjà parti.

Je dois m'asseoir sur un banc et tout oublier ! Oublier mon chagrin, mon père, mon cours universitaire, et cette envie insoutenable d'en finir pour aller immédiatement rejoindre ma bien-aimée au paradis ou en enfer.

Tant pis. TANT PIS !!

Je m'assieds donc quelques instants sur un banc, bouillant de colère. À ma gauche, un salon de coiffure. À ma droite, une boutique de souvenirs. Je suis encore sous le choc de cette rencontre inespérée et tente de donner un peu de sens dans tout ce qui m'arrive. La mort de ma femme, mes plans suicidaires, le graffiti, l'aveugle. Cette succession d'événements me semble tout à fait farfelue et je n'y comprends rien. Sur ces entrefaites, une personne vient s'asseoir à mes côtés, me tirant de mes pensées.

J'hésite... Je me suis promis de le faire, de suivre les signes qu'on m'envoie, de tout risquer. Le pire qui puisse m'arriver, c'est que cet homme assis à mes côtés soit offusqué, ou qu'il me prenne pour un fou. Dans un cas comme dans l'autre, il n'y a rien de très grave.

— Ça vous paraîtra sûrement étrange, monsieur, mais j'aimerais connaître votre plus grand rêve. Vous pensez sans doute que ça ne me regarde pas, mais, dis-je en m'essuyant les yeux pour la énième fois depuis une heure, je souhaite, non, j'ai BESOIN de faire quelque chose pour occuper ma tête et mon esprit au plus vite. Quelque chose de fou, d'imprévu. Quelque chose pour me venger de cette vie dégueulasse qui me dicte une conduite en ligne droite que j'ai suivie sans jamais critiquer. Des études classiques sur le chemin de l'apostolat, passant par la physique et l'ingénierie.

Cette vie, je veux l'étrangler, foutre le bordel dans ses plans rationnels, lui faire un foutu pied-de-nez. Un vieux fou aveugle vient justement de me mettre la puce à l'oreille sans parvenir à amoindrir ma rage au cœur. Alors, ça commence ou ça finit ici. *Hic et nunc !*

L'homme regarde par-dessus son épaule, comme pour vérifier que je m'adresse bien à lui.

— Êtes-vous sous l'influence de la drogue? me demande-t-il, étonné par ma question.

— Non, simplement sous l'influence d'une peine d'amour.

Loin d'être impressionné par mon humour douteux, il se lève et s'apprête à partir. Je reprends rapidement, dans l'espoir de le retenir.

— Écoutez, je suis scientifique, musicien, patineur, chanteur, mais certainement pas drogué! Je viens de perdre la Jennifer de ma vie et plutôt que de me laisser crever, j'ai choisi de vivre. Alors, donnez-moi une mission, quelque chose à faire, n'importe quoi, pour que je puisse honorer sa mémoire.

L'homme se ravise et me toise de haut en bas.

— Très bien. Donnez-moi une minute, jeune homme, que je réfléchisse…

«Bon. J'admire votre audace, sans très bien comprendre ce que vous vivez en ce moment. Toutefois, la vie m'a enseigné que, pour réussir, il faut prendre quelques risques même si le cerveau rationnel n'est pas spontanément en accord avec ceux-ci.»

Ma petite voix intérieure me dit que c'est peut-être ce type de moment où mon intuition doit l'emporter sur mon conseil d'administration.

J'attends impatiemment qu'il termine sa réflexion trop ésotérique à mes yeux, fixant toujours du coin du regard la porte des latrines infernales.

— Bien. J'ai quelque chose à vous proposer. Je suis chargé du service à la clientèle dans le domaine de l'aviation et je dois diriger une importante étude de marché pour le compte de ma compagnie. Je présume que vous savez ce que c'est qu'une étude de marché?

— Euh, oui, dis-je timidement.

Au fond, je savais très bien ce que c'était, ayant suivi un cours d'administration en parallèle avec mes classes de physique.

— Si vous êtes sérieux, et je souligne le mot «sérieux», que votre état de santé mentale vous le permet et que vos récents événements ne vous empêchent pas de performer, je vous achète des vêtements décents et vous prenez l'avion dès ce soir pour New York.

Je suis abasourdi par pareil revirement de situation. Oh! Non pas que j'aie fait la paix avec ma perte, mais... Et si la vie nous réservait des surprises dans les moments difficiles?

Je puise un peu de courage provenant de mes lectures de jeunesse sur l'art du succès, puis, encore surpris par la proposition de l'inconnu, j'accepte sans réfléchir plus longuement. La moindre hésitation me plongerait dans l'angoisse et un tunnel sans point de retour.

Je lui donne une poignée de main et ma parole d'honneur.

Non seulement m'achète-t-il des vêtements, mais il m'emmène également chez le coiffeur puis à la pharmacie où j'achète quelques effets personnels dont j'aurai besoin pour le voyage. À la sortie du centre commercial, il me regarde avec un air signifiant: «Ne me déçois pas.»

Il me donne une liste de personnes à qui je dois parler et me demande de lui faire un rapport détaillé de leurs commentaires trois jours plus tard. Il s'agit d'une dizaine de voyageurs commerciaux qui représentent le marché cible de son entreprise et qui voyagent régulièrement de New York à Montréal.

Carnet d'adresses en main, je trouve une explication improvisée au fait que j'avais glissé spontanément mon passeport dans ma veste le matin même — afin qu'on puisse identifier mon corps qui devait terminer abruptement sa course.

Mon passeport vient de changer de rôle...

Et moi, j'ai l'impression de respirer à nouveau. Je suis sous le choc. Je suis sur le cul. Mais je suis. Pour le moment du moins. Arrivera ce qui arrivera. Je n'ai plus rien à perdre.

LE COMMENTAIRE DU PHYSICIEN

Bonjour, ici l'hémisphère gauche de l'étrange personnage qui tape actuellement le texte de cette folle aventure.

De toute évidence, l'auteur, dans son monde de fantaisies tout de même appuyé sur bon nombre de faits vécus, ne se gêne pas pour donner libre cours à mon homologue du côté droit de notre cerveau commun.

C'est que, voyez-vous, je connais toute l'histoire. Ouf!! Mon voisin de droite, que j'appellerai désormais « le FOU » va vous faire vivre tout un parcours de montagnes russes émotives, historiques et romantiques.

Aussi ai-je cru bon de donner ma petite touche en fin de chaque chapitre, question de ramener le FOU à l'ordre en commentant ses péripéties rocambolesques.

Justement, parlant de signe, il aurait pu interpréter rationnellement sa chute sur la canne de l'aveugle comme un signe qu'il a besoin de lithium et d'un séjour longue durée dans l'aile psychiatrique d'un hôpital près de chez nous.

Ça, c'aurait été logique.

Mais bon. Puisqu'il est FOU, j'aime autant le voir piégé devant un clavier d'ordinateur que de le voir repartir pour de nouvelles intempéries cardiaques…

CHAPITRE

– 2 –

On dit que l'alcool produit plus d'effet en altitude. Comme de juste, je constate que le whisky, à 35 000 pieds d'altitude, me monte vite à la tête ! Peut-être est-ce dû aux nombreuses zones de turbulence que nous devons traverser. Je profite d'une accalmie pour me rendre aux toilettes. Je ne sais pas si c'est l'ivresse ou le destin qui m'envoie un nouveau signe, mais je suis, une fois de plus, bouleversé par un graffiti qui y est inscrit : « Vive la vie *high*. » Ma petite voix intérieure ne tarde pas à me faire part de son interprétation : « Lorsque tu es *high*, tu vois la vie d'en haut, mais tu ne la goûtes pas vraiment. Lorsque tu es *low*, tu vois la vie d'en dessous et tu en ressens le poids. Essaie maintenant de trouver l'équilibre entre tes hauts et tes bas. »

Je retourne à mon siège et boucle ma ceinture, ce bout de tissu qui est censé me protéger en cas d'écrasement. Je m'enfile un autre verre en méditant sur les hauts et les bas de la vie.

Je reprends l'enveloppe laissée par l'entrepreneur aux allures de missionnaire improvisé dans ma vie sens dessus dessous, question de me familiariser avec les dix personnes que je dois interviewer afin de connaître leur point de vue sur les hauts et les bas de leurs déplacements aériens.

Je suis rigoureux. Je l'ai toujours été. Bien préparé. Toujours prêt. Un scout de la vie.

En ouvrant l'enveloppe, je découvre une plus petite enveloppe, poupée russe de la plus grande, qui cache ce qui me servira de premier trésor dans cette quête imprévisible.

Ma tête vide autant que ma vessie, j'y découvre 30 billets de 100 $, Oncle Sam, svp !

Le monsieur a pensé à mes finances. L'argent ne fait plus partie de mes préoccupations, mais lui s'en est soucié.

Bon. Trois jours, 3000 $, dix entrevues. J'ai du temps. Elle n'en a pas eu. J'en perdrai pour elle. Chronos peut aller se rhabiller.

Par le hublot, je crois apercevoir l'Empire State Building. Mais j'ai encore peine à réaliser que j'arriverai sous peu à New

York tant cette aventure me semble incroyable. Central Park, Chrysler Building, Wall Street, Fifth Avenue, Chinatown, Little Italy, Macy's, Broadway, autant de mots qui titillent mon oreille. Mais surtout, Times Square, là où le temps ne tourne pas rond.

J'ai des liquidités pour mon mandat – taxi, resto avec les clients et j'en passe –, mais je n'ai que cent dollars personnels en poche. Aussi bien dire rien du tout lorsqu'on visite une ville comme New York. Mais je suis en mode survie et je suis prêt à dormir dans la rue, s'il le faut. Plus rien à perdre, plus rien à défendre. Curieusement, la mort de ma femme m'a rendu plus libre. Même si je pense à elle à chaque instant, je n'ai plus aucune restriction, aucune barrière mentale. La vie trouvera bien quelque chose à faire de moi.

Durant la descente de l'avion, j'ouvre le magazine de bord à une page au hasard, question de relancer cet univers qui m'a donné une vilaine jambette. Je suis rancunier. Je vais le faire tomber, ce monde de relativité restreinte. Einstein s'est trompé. Dieu est un *gambler*. Un amateur du jeu de craps. Il a fait 3 au *coming out* et nous avons tous perdu.

La page 27 apparaît sous mes yeux. Dans le coin supérieur gauche, alors que mes oreilles s'ajustent à l'augmentation de pression de l'avion qui approche de sa destination, je lis : «Times Square vous attend pour égayer votre première visite dans la Grosse Pomme.» Ma grand-mère m'a toujours dit que manger une pomme par jour éloigne le docteur. Je compte bien bouffer New York tout rond.

Et j'ai trois jours devant moi.

OK, Big Apple. En anglais, je me débrouille. «Toi, *you are not done with me!*» me dis-je, sourire narquois en coin.

Sitôt sorti de l'aéroport, je hèle un de ces fameux *yellow cabs*, et, me faisant passer pour un important homme d'affaires, je lance : «*Central Park, please.*»

Sans poser de questions, le chauffeur démarre. Je sais très bien qu'à New York, *Time is Money*. Mais moi, je m'en fiche. Je veux dépasser la vie pour la faire vomir.

Il est minuit.

On dit qu'il est dangereux de marcher dans Central Park la nuit. Je n'en ai rien à cirer.

Je n'ai pas de rendez-vous avant le lendemain midi et je n'ai pas l'intention de dormir. Je marche.

Finalement, la fatigue me gagne et je m'installe sur un banc de parc, question de jouer l'itinérant à la manière d'un de ces courtiers de Wall Street qui a tout perdu en une journée et qui ne trouve plus de tour de bureaux pour se sacrer en bas, se contentant d'un lit de pitié symbolique.

■ ■ ■

C'est l'aurore. Mon premier lieu de rencontre ne se trouve qu'à un kilomètre de marche, pour cette étude de marché que je dois mener.

Je n'ai plus sommeil. Je défroisse tant bien que mal mon habit, refais mon nœud de cravate, un peu de déodorant, deux coups de brosse à dents. Je suis prêt. Le look, je m'en fiche un peu. Je teste. Je teste cette vie qui m'a lancé un défi. Si c'est de la merde, je le saurai vite.

En attendant mon rendez-vous, je prends le temps de regarder autour de moi. Des hommes et des femmes déambulent tandis que des oiseaux s'agitent au-dessus de ma tête. Une odeur de hot-dog flotte dans l'air. Les *yellow cabs* vont et viennent au milieu de tout ce brouhaha. J'apprécie l'instant présent. Je me laisse tenter par un hot-dog et réalise, en l'engouffrant, que je n'ai presque rien mangé au cours des derniers jours.

À l'heure dite, je me pointe à l'adresse inscrite sur le bout de papier. Au 9e étage d'une tour de bureaux perdue dans un océan de semblables. Porte 11. Étrange. Je suis encore en état de crise personnelle et j'entre au 9-11. Pas un fan des coïncidences. Mais là, je trouve que l'univers à qui j'ai lancé un ultimatum de survie me défie d'un *jab* inattendu.

J'entre timidement. La dame à l'accueil connaît non seulement mon nom, mais le but de la rencontre.

Quinze minutes plus tard, les questions ont trouvé réponse. Je suis indifférent, mais quelque chose capte mon attention sur le mur du bureau de cet homme d'affaires qui se plaît à se rendre au Québec pour profiter d'un taux de change trop souvent favorable au commerce de ses chaussures.

Un écriteau cite : « Dans la vie, il y a des hauts et des bas. Mes souliers couvrent vos bas ! » Dire qu'il y a trois jours à peine, je frappais le bas, le fond du baril, comme on dit. En ce qui me concerne, mon baril n'avait pas de fond. Et me voilà chaussé de symboles qui s'enchaînent les uns aux autres.

C'en est trop. Trop de signes. Trop de trucs bizarres. Mais où étais-je toutes ces années ? Étais-je si endormi, le nez enfoui dans des bouquins d'école n'ayant pas nécessairement clairement dévoilé leur utilité ? !

Est-ce que toutes ces indications n'avaient besoin que d'une souffrance immonde pour m'éveiller à leur présence ?

Trois jours plus tard, neuf entrevues vaguement ancrées dans mon enregistreuse de fortune, il ne me reste plus qu'une seule adresse à visiter avant de retourner à l'endroit où repose Jennifer.

Je frappe à la porte. Personne ne répond. *I knock again.* Toujours rien.

Pis d'la marde ! *Tough luck.* Je trouve un café Internet, j'envoie tant bien que mal mes résumés d'entrevues et je décide de demeurer dans cette métropole de la business.

Je retrouve mon banc à Central Park et j'attends. J'attends la prochaine piste. Je me jure de ne pas bouger tant que rien ne me vient à l'esprit. Je me perds dans mes pensées. Tout à coup, une cicatrice taillée au couteau sur un arbre attire mon attention. *M+M, Love Forever.*

J'avoue que je dois faire appel à mon cerveau gauche pour tenter d'extraire une signification à cette indication. M+M. Eurêka. Mes lectures artistiques du collège trouvent enfin une application. Le Metropolitan Museum of Arts n'est qu'à quelques pas d'où je me trouve.

Je décide sur-le-champ d'aller visiter un des endroits qui m'intéressent vraiment dans cette mégapole.

La première toile que j'aperçois au Met porte la signature de Picasso. *A priori*, je la trouve horriblement laide. Puis, après l'avoir contemplée pendant une trentaine de minutes, je découvre la beauté de l'œuvre. Ma fameuse petite voix intérieure, encore elle, me souffle que, si l'on va trop vite, on passe à côté de la beauté, on risque de ne pas saisir l'essentiel.

■ ■ ■

Après avoir été charmé et étonné par les peintures, les sculptures et les mosaïques, je me dirige vers les toilettes. Un graffiti, parmi des centaines d'autres, attire mon attention : « Un musée, c'est pour s'amuser. C'est le 7ᵉ art, 7 notes, 7 couleurs, 7 chakras, 7ᵉ ciel. » J'essaie de comprendre le sens de cet écrit, en vain. Mais je le garde en mémoire, persuadé que je découvrirai une signification, tôt ou tard.

Un peu avant de sortir du musée, une dernière toile attire mon regard. Je n'en reviens pas. La femme qui y est représentée ressemble en tout point à mon amour décédé. Je réalise que, quoi que je fasse et où que j'aille, elle sera toujours là, bien présente.

Cerveau gauche, ici, ou CG pour les intimes (croyez-moi, dans l'univers où le FOU s'apprête à nous faire plonger, nous allons devenir pas mal intime...) :

Non mais quel espèce de cinglé voit deux « M » gossés sur un arbre et interprète ça comme étant un signe de la vie, signe qu'il faut visiter le Metropolitan Museum de New York ?

Tant qu'à faire, pourquoi ne pas avoir acheté un téléviseur, un vieux lecteur Beta ou VHS et loué la série complète de l'émission *Mork & Mindy* ?!

Ou encore se rendre sur Broadway et assisté au théâtre musical des *Misérables* ?

Quel Méchant Malade...

CHAPITRE
– 3 –

Je m'assieds au bas des marches du musée, le temps de retrouver mes repères tant géographiques qu'émotionnels. Je me rappelle à ce moment que mon grand-père paternel, brillant homme d'affaires, m'a dit le jour de mes neuf ans : « Pierrot, si tu ne sais plus où aller, suis le chemin de la beauté. » Ce souvenir saugrenu fait son arrivée sur la scène de ma vie à un moment bien particulier. Deux seules pensées m'habitent et guident mes choix à présent : l'interdiction de me jeter sur les rails d'un des plus mythiques métros de la planète et la décision de passer du temps à New York.

Je me répète en boucle les mots « chemin de la beauté, *path of Beauty* ».

Au même moment, une gargantuesque limousine réussit un virage extrêmement serré, digne d'une cascade de Paul Belmondo. Elle est magnifique. Mais ce n'est pas tout. Elle est coiffée d'une affiche promotionnelle illuminée, en ce début de soirée à l'odeur de bruine. On peut y lire : « *The new musical* Beauty and the Beast, *tonight on Broadway* ». Je n'en crois pas mes yeux !!! *Beauty and the Beast !* Un portrait tout craché de moi la bête et de la marotte de grand-papa.

Je me lève d'un bond et pourchasse la limousine d'un pas rapide. Grâce au trafic du retour à la maison, je n'ai aucune difficulté à la traquer.

Elle cesse sa course devant le prestigieux et grandiose hôtel Waldorf Astoria, sur Park Avenue. Un autre déferlement de beauté !

Sur un trottoir adjacent à l'entrée principale de l'hôtel, un artiste de rue se livre à une performance plutôt incroyable.

Je m'arrête pour profiter du spectacle qu'il offre et mieux apprécier son talent.

C'est la première fois que j'assiste à une telle prestation combinant magie, mime et danse moderne. Vingt minutes plus tard, les larmes aux yeux, je comprends que la beauté peut nettoyer le karma de ses chagrins intérieurs.

Pour remercier l'artiste, je lui donne 20 $, presque toute la somme d'argent qui me reste, car j'ai beaucoup dépensé pour bien recevoir les voyageurs consultés au cours de l'étude de marché des jours précédents. L'homme est surpris de ma générosité et ses yeux brillent de gratitude. Une citation biblique me revient en tête : « Regardez les oiseaux du ciel : ils ne sèment ni ne moissonnent, et ils n'amassent rien dans les greniers et votre Père céleste les nourrit. »

On verra si ça fonctionne pour moi ! New York est une ville extraordinaire, une ville de fous, et j'ai envie de jouer le tout pour le tout. Non seulement mon grenier est-il vide, mais je fais figure de *sans-grenier*, style new-yorkais.

Il pleut légèrement. Mon habit commence à être trempé et j'ai froid. Pour me garder au chaud, j'emprunte la rue principale dans une ville où les rues secondaires n'ont jamais réussi à s'établir.

Soudain, on me tape sur l'épaule. Un peu méfiant, je me retourne en prenant bien soin de fermer le poing au cas où un de ces scénarios hollywoodiens ferait son entrée dans ma vie sans queue ni tête. L'individu qui m'interpelle a un micro en main. Au fond, je n'étais pas si loin avec mon intuition de scénario de cinéma.

Il approche le micro de ma bouche et me demande dans un anglais franc et coloré ce que je pense de la Big Apple et ce que je viens y faire. De toute évidence, mon chic costume n'a pas réussi à cacher mon air ébahi d'étranger.

Au point où j'en suis, sans aucune hésitation, je lui déballe toute mon histoire, depuis la mort de mon amour, l'aveugle, les signes, l'étude de marché, la beauté jusqu'au show de l'amuseur public. Je n'ai rien à cacher, encore moins à cet ambitieux jeune homme, casquette à l'envers, gomme balloune en bouche.

En entendant mon récit, le jeune homme se met à pleurer en silence. De toute évidence, je l'ai touché.

Ses larmes sont contagieuses et me revoilà en mode inondation faciale.

Il m'explique qu'il fait partie d'une téléréalité diffusée sur le web.

Me prenant par surprise, il m'invite à le suivre dans ses studios de webtélé, situés tout juste derrière moi.

M'étant promis d'être attentif à tous les signes que le hasard m'envoie et de saisir toutes les occasions, j'accepte volontiers de le suivre. Jamais je n'aurais pu deviner ce qui m'attendait.

■ ■ ■

Nous prenons l'ascenseur, un de ceux qu'on referme par un grillage artisanal et qui grimpe à la vitesse d'un escargot. Évidemment, notre destination est au 13e étage de cet édifice désuet de l'extérieur mais intrigant une fois qu'on y pénètre.

Je suis fébrile. Très fébrile. Détrempé. Ce qui m'arrive n'a tout simplement aucune logique. C'est comme si la canne de l'aveugle du début de mes péripéties avait littéralement aspiré toute trace de cerveau gauche hors de ma tête.

L'équipe de tournage est déjà sur place. Je n'imaginais pas trouver un tel comité d'accueil, mais, manifestement, on m'attendait, caméra en main.

Je me réfugie aux toilettes pour faire le point et me rafraîchir. J'ai peur. Ma vessie refusant de se dénouer, je m'assieds pour reprendre mes esprits avant de me rendre en studio. Sans surprise, un autre graffiti m'attend, écrit cette fois dans la langue de Shakespeare : « *No money, no honey. But no honey, no money.* »

Sur le coup, je ne comprends pas le sens de cette phrase, mais, fidèle au rendez-vous, ma voix intérieure résonne déjà : « Pas de miel sans argent, mais pas d'argent sans miel. Il me faut donc agir comme si j'avais déjà de l'argent afin d'en gagner. »

Je suis peut-être sur la piste des signes et du « j'essaye tout », mais je suis assurément en mode survie. Une forme de cobaye dans une cage d'expérimentations.

Ouf ! Pas toujours facile à suivre, cette petite voix ! Ce dont je suis persuadé, c'est que, même si je n'en saisis pas immédiatement la portée, mon esprit se délecte de ces petits enseignements saugrenus gravés sur les murs des toilettes.

Une dame frappe à la porte en me disant gentiment de me dépêcher : le réalisateur de l'émission veut me rencontrer. Je quitte mon antre et fais la connaissance de celui qui, je ne le sais pas encore, donnera une nouvelle impulsion à mon intrigue.

Le réalisateur parle vite, comme un homme d'affaires pressé, et je ne comprends pas tout ce qu'il me dit. Je ne capte que l'essentiel dans son flot de paroles : si je le souhaite, je peux faire partie de la prochaine émission. Là, ici, maintenant, aujourd'hui !

Non seulement le vide causé par l'absence de Jennifer se comble par des sensations nouvelles, mais les notions de délai et de planification perdent toute racine dans ma compréhension du monde. L'abandon à la vie, un abandon sincère, m'apporte des possibilités qu'aucun livre n'aurait pu me faire imaginer ni croire.

Le réalisateur m'offre 11 000 $ – ONZE MILLE DOLLARS ! – pour que je participe *today* à la diffusion, pas à l'enregistrement, à la diffusion en direct svp de ce que je ne connais pas encore. Les bras m'en tombent. Je suis dans un important studio de New York et voilà qu'on m'offre le plus gros chèque que j'ai jamais vu de ma vie pour participer à un show de télé sur Internet !

— Jeune homme, le show s'intitule *Surrender*, m'explique le réalisateur.

Le concept de l'émission est de filmer en direct un étranger, pris au hasard dans la rue, qui doit se lancer dans une aventure dont il ne connaît pas les règles.

La première partie est tournée en studio devant un public, mais la suite se passe ailleurs.

— Je ne peux pas vous en dire plus, parce que le show commence dans 30 minutes, ajoute-t-il en tenant bien en évidence le chèque qu'il me destine. Et à voir votre allure, nous n'avons pas de temps à perdre pour vous donner du style.

« *Are you in?* »

— *All in!* lui dis-je en levant les pouces.

Dans ma situation, le montant d'argent qui m'est proposé équivaut à une gorgée d'eau offerte à quelqu'un qui viendrait de traverser un désert sans se désaltérer.

Une chose étrange est en train de se produire en moi. Une soif de vivre inassouvissable prend de plus en plus le dessus sur le goût d'en finir avec tout. J'en veux tout simplement plus !

Vue par trente millions de webspectateurs, l'émission *Surrender*, qu'on pourrait traduire en français par *se livrer* ou *s'abandonner*, consiste en une série de défis, tous plus fous les uns que les autres, que les participants doivent relever. Je ne sais pas ce qui m'attend, mais je le saurai bien vite ! Maquillage, costume, coiffure. En quelques minutes, je suis prêt à entrer en ondes. Le réalisateur me présente à l'animateur, et sans autre préparation — aucun scénario, aucune mise en scène —, je me retrouve dans un studio bondé de personnes. Je m'assieds dans l'assistance, au premier rang, sans trop savoir quel sera mon rôle. Je me laisse porter par le courant. On m'a affublé d'un jean troué, d'un chapeau rond, d'une veste de cuir sur un t-shirt blanc. Ce style mauvais garçon ne me déplaît pas du tout !

Je n'ai jamais été si fébrile de toute ma vie et comme chaque fois que je suis nerveux, je pense à ma mère qui veille sur moi de là-haut. Elle me disait souvent : « Fiston, les meilleures décisions de ta vie, tu les prendras en te fiant à ton instinct, surtout quand tu seras prêt à sauter dans le vide, sans parachute... »

Puis, mon tour arrive. L'animateur m'appelle et je le rejoins sous les applaudissements. Il y a une telle énergie dans le studio que je me sens capable de relever n'importe quel défi. L'animateur me tend un chapeau rempli de bouts de papier. Il explique :

— *Young man, you have to draw a challenge from this hat. If you succeed, you will win $11,000. But if you fail or chicken out, you will be laugh at for the rest of your life!*

Autrement dit, je repars soit avec le *cash*, soit couvert de honte !

L'éclairage change, puis un *band* démarre la musique. Tous les *spotlights* sont dirigés sur moi et je sens mon cœur battre la chamade. La voix de ma mère résonne dans ma tête : « Les meilleures décisions de ta vie, tu les prendras en te fiant à ton instinct. » Sans plus réfléchir, j'attrape le chapeau et me jette dans l'assistance. Vous voulez un show, je vais vous en donner tout un ! Je commence par passer le chapeau, au sens premier du terme. Je donnerai l'argent ainsi amassé à un itinérant ou à un organisme. Je ne sais pas encore, j'improvise ! Puis, je choisis une jeune femme, belle comme ça ne se peut plus. Elle me rappelle ma douce Jenni aux yeux verts. Je lui demande de piger mon défi. Son chandail, qui laisse paraître des dessous intrigants, arbore un autocollant sur lequel on lit Olivia. Elle pige. Puis elle fige. Avant qu'elle ne me décrive le défi et qu'elle n'ait eu le temps de le dévoiler publiquement, je lui annonce qu'elle devra le faire avec moi. Après tout, relever un défi seul est une perte de temps; si on n'a personne avec qui partager sa réussite ou son échec, ça ne vaut pas la peine de se lancer à l'aventure.

Pendant une fraction de seconde, j'étouffe un petit remords de conscience. Comment puis-je si rapidement parler à une jolie étrangère alors que l'esprit de la femme de mes rêves doit encore rôder aux côtés de son enveloppe corporelle ? Moi pourtant si romantique ? !

J'efface la pensée du revers de la main qui tient toujours le chapeau des aventures improvisées. L'âme de Jennifer a déjà dû migrer dans cette New-Yorkaise, qui, du coup, pourrait me servir de béquille amoureuse. Le désespoir jumelé à l'adrénaline du moment m'ont spontanément fait comprendre qu'un semblant d'amour platonique est requis pour lutter contre ma soudaine solitude imposée.

La foule est en liesse, les cotes d'écoute doivent très certainement grimper au-delà des attentes des producteurs et l'animateur semble ravi d'avoir ainsi perdu le contrôle de son show. Je profite de l'hystérie générale pour discrètement chuchoter à l'oreille de cette jeune femme qu'elle est d'une beauté à couper le souffle.

— *My love Jennifer has just died and I need you, Miss Olivia, to do this challenge with me. Please!!*

Un peu plus et je me serais agenouillé pour la grande demande. Tant qu'à tout risquer.

Elle accepte mon invitation de participer, troublée par mon aveu du décès de Jennifer, et me révèle enfin ce que nous devrons accomplir ensemble: un saut en parachute ! Je n'en reviens pas ! À croire que ma mère avait tout arrangé d'en haut. Ce que je ne savais pas encore, c'est que cette jolie demoiselle a un père extrêmement branché et fortuné. Et me voilà reparti sur les chapeaux de roues !

CG, à votre service :

C'est qu'il commence à m'énerver, ce FOU.

Voyons. Résumons les grandes lignes de cette dernière tranche de vie :

Notre grand-père parlait effectivement du chemin de la beauté. MAIS ÇA, C'EST QUAND IL NOUS FAISAIT UN CLIN D'ŒIL EN REGARDANT NOTRE GRAND-MÈRE, l'air un peu coquin.

Si moi je suivais le chemin de la beauté, je proposerais au FOU, mon frère dans le foyer de notre cervelle, un divorce, pour que je puisse suivre la beauté des séries de Taylor, des équations de Maxwell et la théorie des cordes.

Surtout ne lui dites pas, il va interpréter ça comme un signe que je veux un café Maxwell House en écoutant les violons du *Canon* de Pachelbel !

CHAPITRE
— 4 —

Nous arrivons ce matin-là au centre de saut, en banlieue de New York. Je ne cache pas ma nervosité même si mes épaules tentent tant bien que mal de s'élargir pour rassurer ma nouvelle comparse qui ne fait pas vraiment le poids devant pareil défi. Ses maigres cours de français ne lui permettent pas d'exprimer clairement ses réserves devant ce qui est devenu pour nous deux une inévitable cascade.

On nous explique que le saut se fera en tandem. Un sauteur expérimenté s'accrochera à nous et dirigera la descente. Pas beaucoup plus rassurés, nous sentons notre stress monter d'un cran alors que nous regardons nos guides plier de façon bien distraite ce qui nous servira tout à l'heure de seul mécanisme de survie.

Puis, pareils aux astronautes en quête d'espace, nous nous rendons, casque à la main, vers notre bolide aérien qui doit nous emmener à 13 000 pieds dans les airs. En fait de bolide, on repassera. Il s'agit plutôt d'un avion à la carlingue en carton, équipé de bancs semblables à celui des joueurs de hockey.

Décollage. Ma vessie se noue. Les yeux d'Olivia sont pleins d'eau. Elle est effrayée. Une fois à l'intérieur de l'appareil, nous assistons à l'arrivée de nos pilotes de descente. Un grand musclé s'assied directement derrière moi et commence à passer ses ganses autour de ma taille.

Le commandant du petit avion nous annonce que personne n'a le droit de redescendre par avion. «*Even if we have to knock you off, you ARE jumping today!*» Beaux mots d'encouragement! Plus le choix. Plus moyen de reculer. Je comprendrai un peu plus tard que les plus beaux moments d'une vie ne sont jamais planifiés et qu'ils s'interdisent toute porte de sortie. Tout ou rien.

Nous avons donc fait le grand saut, cette belle étrangère et moi, pendant qu'un dixième de la population des États-Unis nous regardait. On se pense fort, on joue les fanfarons, mais on n'est pas gros dans son pantalon quand le pilote, une fois dans les airs, loin du sol, clame fièrement que personne ne va redescendre sur terre… en avion! Il n'y aura qu'une seule façon de regagner la terre ferme : se lancer dans le vide. Faire le grand saut. Encore une fois, la vie me force à lâcher prise, et je me répète mentalement, comme un mantra : « Arrivera c'qui arrivera. »

Tout se déroule très rapidement. L'expert parachutiste s'affaire à m'attacher sur lui, au point où je ne sais plus si je suis un homme ou une femme. Je suis sur le devant et lui est derrière. D'un coup, il me soulève, me pousse devant une ouverture sans porte et avant même que je puisse réaliser ce qui m'arrive, je suis propulsé en dehors de l'avion, dans le grand vide.

Je fais mon possible pour cacher ma peur et pour montrer que je suis courageux. Je ne veux pas perdre la face devant ma nouvelle copine et devant la caméra qui nous filme. Je perds néanmoins connaissance. Quelques secondes plus tard, je retrouve mes esprits. Je suis en chute libre, à 200 km/h. Il pleut et nous tombons plus vite que les gouttes d'eau. Je n'avais jamais imaginé que la pluie pouvait remonter dans la gorge.

Après trente secondes et une frousse inimaginable, je m'abandonne totalement. Après toutes les épreuves que j'ai vécues, je découvre enfin la vraie vie. Lorsqu'on la met en jeu, on la retrouve. Entre le ciel et la terre, je songe à la mort, inévitable depuis que je suis né. J'éclate de rire. Quelques secondes plus tard, le parachute s'ouvre et notre course vers le sol est soudainement ralentie. C'est rassurant.

Nous touchons enfin terre. Fini le vide. Je me détache de mon partenaire des airs. Wow! Je saute de joie. Je regarde vers le ciel, à la recherche de ma nouvelle flamme. Elle ne tarde pas à arriver et me saute au cou. Elle aussi est secouée et émue. Nous pleurons tous les deux, puis nous éclatons de rire et pleurons à nouveau. Ma confidente se confie à son tour : elle vient de perdre sa mère et a sérieusement songé, elle aussi, à tout balancer par-dessus bord. Pendant ce temps, la caméra nous suit pas à pas. Elle capte nos joies et nos peines, nos confidences, et ces moments d'une rare intensité feront le bonheur des téléspectateurs en manque d'émotions fortes. Je sais maintenant que l'amour est de retour dans ma vie. C'est magique.

On nous ramène au poste d'accueil où nous pouvons enfin nous débarrasser des combinaisons que nous avions enfilées pour le saut en parachute. Nous avons tous deux besoin de passer par les toilettes et je suis impatient de découvrir si les murs auront encore une fois quelque message à me livrer, après avoir vécu des moments si intenses ! Silence total ! Pas la moindre inscription. Je suis quelque peu déçu, mais je me console en me disant que ça ne peut pas marcher à tous les coups. La surprise viendra plutôt du côté des toilettes des femmes. Lorsqu'Olivia en sort, elle me rejoint en émoi. Elle a lu une inscription dont elle aimerait bien connaître la signification : « Lorsqu'on fait des aveux de confiance à quelqu'un, on lui avoue sa confiance. »

Elle me prend par la main pendant qu'une voiture nous ramène au centre-ville. Elle en profite pour me raconter sa vie. Je me rends compte que je ne suis pas le seul à avoir vécu des événements dramatiques, à avoir souffert, à avoir songé à mettre fin à mes jours. Rien comme l'amour et la confiance pour sortir de l'enfer. L'enfer de la solitude et de l'ennui.

Nous sortons de la voiture et elle m'embrasse au moment même où son père s'avance vers nous. Il a tout vu, en direct à la télé. Même pas besoin de lui annoncer que nous sommes en amour, il a tout compris. Nous sommes passés directement de la téléréalité à la réalité même. Je m'attends à des remontrances et des mises en garde de sa part. Au contraire ! Après une chaleureuse poignée de main, il me dit, en anglais :

— Comme tu as de l'audace et que tu sembles apprécier les défis, je t'en propose un nouveau. J'ai une entreprise d'import-export et j'ai besoin d'une personne fiable qui pourra faire preuve de courage et prendre des risques, tout en s'occupant de ma fille.

J'attends la suite de sa proposition, déjà prêt à dire oui. Ce sera New Delhi, en Inde. Plus de 1,5 milliard d'habitants, le bruit, la pollution, les vaches, les pratiques sacrées. Je n'en reviens pas. Je m'en vais EN INDE !!! Le départ est prévu pour ce soir. Pas besoin de visa, compte tenu du statut de ce mystérieux entrepreneur aux multiples tentacules. Pas le temps de penser. Pas le temps d'analyser. Avant même que mon cerveau ne se mette à réfléchir, ma main droite a déjà spontanément empoigné celle de mon nouveau patron, en signe d'acceptation.

Une vraie vie de fou !

LE COMMENTAIRE DU PHYSICIEN

CG, en toute confidence :

Bon, tout de même. Enfin une phrase vraie : «Quelle vie de FOU!»

De toute évidence, vous et moi sommes prisonniers de ces élans de vie. Aussi bien les analyser et se laisser prendre à ces rares moments inspirés.

J'avoue que le saut en parachute m'a aussi fait beaucoup de bien. Mon côté rationnel en a pris pour son rhume. Mais quelle vue splendide! Quel spectacle.

Et surtout, la fameuse accélération de 9,8 m/sec², c'est incroyable à vivre.

J'ai justement tendance à tout vivre en fonction de mon hémisphère intérieur. Pas assez de vrai vécu.

Le saut en parachute a fait de la physique une science qui se goûte, pour moi.

Wow!

Le voilà déjà qui m'influence, ce FOU.

Vive la vraie vie!

Pour ce qui est de la téléréalité, on repassera…

CHAPITRE
— 5 —

Aussitôt conclue l'entente, ma nouvelle copine et moi embarquons dans un jet. Et pas n'importe lequel : un jet privé, appartenant à son père. Incroyable ! Comment autant de souffrances peuvent-elles se transformer aussi rapidement en autant de récompenses ?

Mes cours de physique me reviennent alors à l'esprit : tout est équilibré. Il n'y a pas de vide sur terre si tu crées la bonne atmosphère. Ciel ! Je sens une plénitude m'envahir : une déesse à mes côtés, *All you need is love* de John Lennon dans les oreilles, le bout du monde comme destination... Je réitère ma promesse de ne jamais abandonner. Je le fais en hommage à ma muse Jennifer qui est partie trop vite.

« Veuillez boucler votre ceinture de sécurité et demeurer assis jusqu'à l'arrêt complet de l'appareil. » Bla bla bla. J'éteins mon iPod qui en est maintenant à une vieille toune d'Asia : *One step closer*. Ça me rappelle celle que j'ai perdue. Nous adorions cette chanson et pouvions passer des journées entières à l'écouter. C'est comme si elle m'accompagnait dans ce nouveau périple. Je refuse d'être triste et je continue de suivre la piste des signes. C'est comme si j'étais un pas plus près, mais plus près de quoi ?

L'Inde. Je n'ai aucune, mais alors là aucune idée de ce qui m'attend. J'ignore tout de ce pays, de sa culture, de ses us et coutumes. La seule chose qui me vient en tête en quittant l'avion, c'est steak, blé d'Inde, patates... Le choc que je vais subir !

Déjà, l'aéroport de New Delhi offre tout un dépaysement. Les Indiens s'amusent à détailler du regard les étrangers fraîchement débarqués. Comme je n'ai pas tout à fait l'air indien, je me sens épié par des milliers de curieux. Dans le brouhaha du terminal d'arrivée, je suis pris de vertige et je me dirige vers les toilettes en pensant y retrouver un certain calme. Premier choc culturel important ! Ici, le papier de toilette, c'est la main gauche. Le moins que l'on puisse dire, c'est que les normes sanitaires ne sont pas les mêmes qu'en Amérique. Une constante, toutefois : à ma plus grande joie, les graffitis abondent ! Grâce à mon petit dictionnaire français-hindi, je peux me faire une traduction libre d'un graffiti peint sur un mur : « La mort n'existe pas. Pour une chenille, le cocon est un tombeau, mais pour le papillon, c'est un utérus. » Dans les toilettes les plus sales que j'aie vues de ma vie, les larmes coulent sur mes joues. Je me sens à la fois si petit et rempli d'espoir. L'espoir d'une renaissance, d'une métamorphose. Au bout de quelques minutes, je sèche mes yeux et sors des toilettes. Je me promets d'être curieux et ouvert à tout ce que ce pays peut m'offrir.

Ma copine m'attend, sa valise sur un petit chariot. Elle doit penser que j'ai eu un malaise, dû à la chaleur ou à la nourriture qu'on nous a servie dans l'avion, et elle ne me pose aucune question. Nous sortons de l'enceinte de l'aéroport et prenons un *auto-rickshaw* ou *tuk-tuk*. Ce surnom vient du bruit que fait ce vélo motorisé à trois roues : tuk-tuk. Le moteur deux temps et le toit totalement inefficace contre la pluie qui tombe ne m'inspirent rien qui vaille.

— *Namasté, hotel, please.*

L'Inde a longtemps été gouvernée par l'Angleterre et on y parle encore un peu l'anglais. Nous pouvons donc nous débrouiller assez facilement. Nous nous engageons dans les rues. Quel choc ! Des gens sont couchés partout ; des chiens et des vaches en liberté dégustent les déchets de la journée. Sans incident, le tricycle motorisé pour adulte nous dépose devant un hôtel qui, vu d'ici, ressemble à un trou à rats. On nous accueille joyeusement. « *Hare Krishna!* » s'exclame un employé de l'hôtel en glissant discrètement dix roupies dans la main du chauffeur. J'apprendrai plus tard la loi du *bakchich*, une sorte de pourboire. En Inde, tout le monde s'entraide.

Le lendemain, à trois heures du matin, d'étranges sons, amplifiés par des haut-parleurs pas vraiment dignes de ce nom, se font entendre partout. Ce sont des mantras qui résonnent : « *Om, Om, Om. Hari Om. Hare Krishna.* » Les incantations se répètent sans arrêt. Dans l'ambiance chargée que produisent ces formules méditatives, je comprends pourquoi ce pays est un lieu mystique.

Pendant la première partie de la journée, chacun se bat pour gagner son pain, enfant comme adulte. Puis, vers midi, au zénith, le travail du jour cesse. C'est l'heure du chaï, ce thé aux épices de la route des Indes. Une fois le pain du jour gagné, tout le monde chante et danse dans les rues. Je suis stupéfait devant ce spectacle qui défie notre façon de penser et d'agir nord-américaine. Je m'imagine bien que je ne suis pas au bout de mon dépaysement. Le bruit constant, les bidonvilles surpeuplés, l'eau la plus polluée au monde, la densité de population avec 1,3 milliard de personnes…

Qu'est-ce que je viens faire ici? Je suis en compagnie d'Olivia, une femme superbe, rencontrée il y a deux jours à peine et littéralement tombée du ciel, parachute à l'appui, dans une jungle peuplée d'individus dont je ne connais pas les us et coutumes. J'ai vaguement entendu parler du système de castes qui divise la société indienne. En tête se trouvent les Brahmanes, c'est-à-dire les prêtres, les colporteurs du message divin, reconnaissables à leurs habits orange. Suivent les Kshatriyas, les militaires, les guerriers, souvent associés à la classe politique et conseillés directement par les Brahmanes. Occupant le troisième rang, les Vaishyas sont chargés du commerce et des affaires. En queue de peloton viennent les Shudras, confinés au rôle de serviteurs. Jugés impurs, les Intouchables sont exclus du système et sont voués aux travaux manuels et au service des autres castes.

Je dois retenir mon réflexe conditionné de juger un peuple selon mon éducation et mes croyances. D'instinct, je suis en profond désaccord avec ce type de hiérarchie. Je comprendrai plus tard pourquoi cette tradition est viscérale et bien accueillie par les habitants de cette terre sacrée. Un lien se tissera dans mon esprit entre Karma, action-réaction et rôle de vie.

Chacun a ainsi sa place, chacun respecte son talent et, surtout, tout le monde ne travaille que pour le jour présent. Et si c'étaient eux qui avaient raison? S'ils avaient compris que la vie se vit au jour le jour, dans l'entraide? Quel éveil! Perdu dans mes pensées, ma copine me ramène à la réalité. Nous devons prendre le train dans moins d'une heure.

Mon mandat, inséré dans une simple enveloppe que m'a remise la fille de mon nouveau patron, ce magnat des affaires, est de dénicher à bon prix des soieries, des épices, des huiles naturelles, des statuettes... Tous ces produits seront importés en Amérique et un important bénéfice en sera tiré. Pour trouver les meilleurs *deals*, je dois me rendre à Varanasi (Bénarès pour les nostalgiques, Kashi pour les authentiques). J'y trouverai de bonnes affaires et même plus.

Nous arrivons à la gare ferroviaire, portés par une véritable marée humaine. Ma compagne paie nos billets – c'est elle qui a les clés de la trésorerie. Un gros deux cents roupies, c'est-à-dire à peine quatre dollars. En première classe, avec une couchette !

J'avais une conception bien romantique des voyages en train et j'espérais jouir d'un peu d'intimité avec ma copine. J'ai vite laissé tomber mes projets ! Le compartiment est bondé. C'est un vrai dortoir où s'entassent une quinzaine de personnes. L'ambiance rappelle celle de Grand Central Station, à New York. Et comme pour faire durer ce cauchemar, le train roule à 5 km/h et arrête toutes les trois minutes. Je réalise que nous serons confinés dans ce train une journée entière avant d'arriver à destination.

Les heures passent et, finalement, aucune catastrophe ne s'est produite. Par contre, il nous faudra tôt ou tard manger et je crains le pire. J'ai vraiment peur. Je suis parti sur un coup de tête : pas de vaccins, pas de médicaments, aucun appareil ni pastille pour purifier l'eau. Par chance, j'ai mon remède miracle contre tous les maux : rien à perdre ! C'est mon mantra à moi et je me le répète intérieurement, sans déranger personne.

On me demande si je mange épicé. Je réponds que oui, j'aime la nourriture épicée : cumin, curcuma, safran, toutes ces épices me conviennent. N'empêche, à peine mon repas terminé, j'ai le ventre qui se tord de douleurs. Je vais être confronté à l'un des plus grands défis de ma vie : les toilettes d'un train indien.

Je m'enfarge dans quelques passagers couchés au sol et trouve enfin les toilettes, au bout du wagon. Il s'agit d'un trou. Juste un trou. Sur les murs, des éclaboussures de je ne sais trop quoi et puis, à l'intérieur, une odeur insupportable, à vous rendre malade. Pas un centimètre de surface n'est assez propre pour que je prenne appui. Je me félicite d'avoir accumulé, étant enfant, des milliers d'heures de plongeon, de patinage et de gymnastique, sans me douter que cela me serait utile un jour. À l'époque, ces sports me valaient d'être pointé du doigt par les autres garçons. Cela m'a au moins permis d'acquérir assez d'équilibre pour tenir debout entre deux arrêts et départs du train. L'exercice est réellement périlleux, mais j'utilise un vieux truc : il s'agit de fixer un point devant moi. Puis, parmi d'autres graffitis, mes yeux se rivent sur cette phrase et ne la quittent plus : « Ce n'est que lorsqu'on est transparent que la lumière peut passer à travers soi. » Accroupi dans ces latrines infectes, je suis loin de me douter à quel point ce voyage va me forcer à devenir transparent. L'Inde révèle le meilleur et le pire de soi.

Hare Krishna de CG :

Je dois vous dire que ce pays est certes le plus irrationnel endroit que nous ayons visité, le FOU et moi.

Pas de système pour la collecte des ordures, des gens qui dorment partout, des autoroutes sans policiers avec des chiens partout, des chameaux, des éléphants et les vaches sacrées ! Sacrez-moi la paix avec les vaches sacrées ! Elles font leurs besoins partout. Pis encore, tout le monde marche pieds nus. Dans la bouse, svp !! Le FOU lancerait sûrement ici une boutade ridicule du genre : « Si t'es pas content, bouse-toi d'ici ! »

Le bruit est insupportable.

Ici, on klaxonne pour signaler qu'on veut dépasser un autre véhicule, ou *rigshaw*, ou *autorigshaw*, ou chameau, ou charrette, ou moto, ou scooter, ou bicyclette. LES KLAXONS, 24 HEURES SUR 24. Et c'est ça, le pays de la paix intérieure et de la méditation?

Vous voulez rire?

CHAPITRE

— 6 —

Varanasi! Nous y sommes, finalement, dans cette ville où vivent des millions de personnes et qui est considérée comme l'une des cités les plus sacrées au monde. C'est le seul endroit où le fleuve Gange, Ma Ganga, se retourne pour faire face au mont Kailash, situé de l'autre côté de la frontière, au Tibet. On raconte que le dieu Shiva réside sur cette montagne sacrée. L'eau du fleuve est absolument infecte. C'est l'endroit où tous les hindous veulent que leurs cendres soient versées. Le feu est allumé sur les bords du Gange depuis plus de quatre mille ans. On y brûle près de cent cadavres par jour.

Tandis que ma nouvelle douce moitié dort, je décide d'aller marcher. Il est minuit. J'achète une boisson dans la rue. Personne ne m'a encore montré à boire adéquatement en Inde, c'est-à-dire à ne pas poser mes lèvres directement sur le goulot de la bouteille. J'ai tant de choses à apprendre, je commence à peine à mesurer l'ampleur de cette tâche.

Je me perds dans les dédales du vieux Varanasi. Des kilomètres de labyrinthes sacrés. Je n'ai que dix dollars en poche, soit environ cinq cents roupies. Avec une telle somme, je peux me nourrir pendant un mois, voire plus. Une petite fortune en Inde, où on peut s'en tirer pour combler son appétit pour moins d'un dollar par jour. Même la pauvreté est relative. Je croise des vaches, des éléphants, des chameaux, des charmeurs de cobra. Un de ces charmeurs capte mon regard et mon attention. Je m'assieds à ses côtés. Il me parle en anglais et me tend un cobra sans que je lui aie demandé quoi que ce soit…

— Si ton esprit est en paix, aucun animal ne te fera de mal. Si tu es inquiet, il te mordra instantanément. Veux-tu le prendre?

J'hésite, paralysé par la peur. Puis, je lève les yeux au ciel et lui demande de veiller sur moi. Le charmeur me tend l'animal, qui me semble terrifiant. J'ai promis de dire oui à tout, je dois respecter ma parole. Avant que j'aie pu dire ou faire quoi que ce soit, le serpent est déjà autour de mon cou. Je prie. Je récite un Notre Père. Curieusement, ainsi confronté à la mort, mon degré d'abandon augmente. Le serpent se détend. Sa peau écailleuse glisse partout sur mon corps. Je suis subjugué : pas une morsure, pas une blessure. La paix de l'esprit. Pas si simple à conquérir. Surtout si tôt dans le pansement de mes blessures amoureuses. J'ai l'impression que seule la peur de la mort, même si quelques jours plus tôt je voulais m'ôter la vie, peut m'enseigner cette paix. Et me voilà dans la ville des cadavres ! Sordide coïncidence.

Je donne dix roupies au charmeur. Tout près de nous, au coin de la rue, un homme s'accroupit pour faire ses besoins. Comprenant ce qu'il fait, je suis dégoûté et cela se voit. Le charmeur a un regard amusé et me dit avant de disparaître dans le lacis des ruelles :

— Chez vous, vous affichez vos trésors, vos relations sexuelles sont quelque chose de public, mais vous cachez vos poubelles. Ici, nous jetons les poubelles à la rue, mais nous cachons nos trésors.

Il est trois heures du matin. Je suis perdu. Une foule immense est en marche et semble se diriger vers un même endroit. Je suis la parade.

Une dizaine de minutes plus tard, nous nous retrouvons au bord du fleuve sacré. La simple vue de l'eau me lève le cœur. D'un brun presque opaque, le fleuve est rempli d'ossements qui flottent. Des enfants jouent au foot entre des crânes. L'image me glace le sang.

Soyons rationnels. S'ils sont des milliers à se jeter dans cette eau poisseuse, sourire aux lèvres, sous le soleil levant, qui suis-je pour porter un jugement ?

D'un signe de la main, un hindou m'invite à retirer mes vêtements. J'obtempère. Je ne crois pas qu'il soit conscient de ma pudeur à me dévêtir ainsi en public. Mais quand on n'a plus rien à perdre, on ne peut que gagner.

J'y vais et je plonge. Je bois même l'eau du fleuve, hypnotisé par ce mouvement de masse.

Les enfants rient de moi. Ils voient bien que c'est ma première baignade. Puis, ils sautent tous à l'eau pour venir m'arroser en riant aux éclats. Je comprends alors quelque chose d'extraordinaire : ils n'ont rien, mais ils ont tout !

Pendant que nous jouons dans l'eau, les cendres et les restes d'un cadavre récemment brûlé sont jetés dans le Gange. J'avais presque oublié l'endroit où je me trouvais. Je réalise soudainement que je marche sur des os. Je pourrais en être saisi d'effroi, et pourtant je ne me suis jamais senti si heureux, si libéré. Libéré de toutes attentes, de toutes souffrances et de toutes peurs. Cette eau, malgré son apparence, n'a jamais goûté si bon. Je sors et remets mes vêtements. On ne se sèche pas en sortant des eaux du Gange. On trempe.

Ma copine Olivia, qui doit avoir un radar intégré, me retrouve sur les rives du fleuve. Elle n'en est pas à sa première visite dans ce pays et a dû se douter que le Gange m'avait attiré comme un aimant.

Il est cinq heures du matin, les boutiques ouvrent leurs portes. Les commerçants dorment sur place, à même le sol. Nous marchons ensemble, elle et moi, dans un silence respectueux. Sans m'en douter, je suis sur le point de rencontrer *la* personne, l'être sorti de nulle part, qui changera ma vie, ma façon de *vivre ma vie*, pour toujours.

LE COMMENTAIRE DU PHYSICIEN

CG, complètement dégoûté :

Soyons francs. Y faut pas être dédaigneux pour aller près du Gange. Ce long fleuve qui part des Himalaya à Gangotri, pour finir sa course dans le golfe du Bengale. Une supposée divinité.

J'ai une question pour toi, le FOU. Cette divinité, elle se lave comment ?? Parce que l'eau de son bain, elle est dégueulasse !

À Varanasi, c'est brun comme de la schnoutte ! Ça sent le corps mort.

Et toi, tu nous as jetés dedans. Tu n'as pas pensé aux bactéries, à la putréfaction. Ciel ! Tu nous en as même fait boire ! PLU-SIEURS FOIS !

Non mais tu es cinglé ? ?

C'EST DE L'EAU OÙ LES CADAVRES FONT TREMPETTE !!!!

Tu voulais savoir si l'eau du Gange purifie ? On peut dire que nous avons maintenant le cœur net. Après une bonne gorgée, nous avons été purifiés de façon extensive !!

CHAPITRE
– 7 –

Naga Baba Papouji. C'est un de ces fameux maîtres nus qui vivent dans les montagnes et ne quittent que rarement leur grotte pour venir se ressourcer dans le Gange. On les appelle des Aghoris. En traduction libre, ce terme signifie « ceux qui trouvent l'extase dans les extrêmes ». Quelques années plus tard, je serai moi-même initié dans cette lignée d'enseignements secrets, maître à élève, bouche à oreille, et recevrai le nom d'Aghorananda.

Il m'aperçoit, couvert de cendres blanches, tandis que nous déambulons, ma copine et moi, nonchalants. Il se jette à mon cou comme s'il s'agissait de retrouvailles inespérées entre deux vieux amis. Il se met à danser et à faire des gestes étranges devant moi. Puis, il me demande de jeter ce qu'il me reste d'argent au sol. J'hésite. J'ai vu mon père (et la plupart des gens que je connais) se préoccuper toute leur vie de la quête de l'argent. Difficile de s'en départir. Sauf qu'une fois de plus, je n'ai rien à perdre. Je suis prêt à vivre dans la rue, à mourir de faim ou de soif, s'il le faut. De toute façon, l'idée d'aller rejoindre celle que j'ai tant aimée me rassure devant la mort. Je lance mes dollars en l'air. Les billets volent et retombent comme des feuilles. Je comprends alors que toute feuille renaît au printemps pour remplacer celle morte à l'automne de chaque année.

Même s'il est nu devant des milliers de personnes, c'est moi qui ai l'impression d'être exposé dans ma nudité. Je ne sais pas ce qui se passe, mais je ressens dans son étreinte une puissance dont j'ignorais jusque-là l'existence. Il me donne le sentiment que tout est possible, absolument tout. Je touche la vraie foi. Il aura fallu la mort pour retrouver la vie.

Il me conduit ensuite dans un cimetière qu'on appelle un *smashan*. Ma copine me laisse aller, consciente de l'importance du moment et n'ayant pour sa part aucune envie de tisser quelque lien que ce soit avec ces effrayants personnages aux allures sataniques. Sans qu'un seul mot soit prononcé, je comprends tous les messages que le vieux sage me transmet par un moyen que je ne saurais véritablement expliquer. Une forme de transmission de pensées et de sensations combinées. « Nous sommes des dieux réincarnés. Nous sommes sur terre pour communier. Vivre est une grande extase et vivre seul, sans partager, c'est comme ne jamais avoir vécu. »

— Maintenant, tu dois affronter tes plus grandes peurs. Tu as suffisamment accepté l'abandon et la confiance dans la vie pour voir à présent *la* reine des peurs : la Mort.

Depuis toujours, on nous dit que Dieu est omniprésent. C'est une chose de concevoir cette idée, c'en est une autre que d'y être confronté. Il me présente quelques-uns de ses amis. Des gens qui sont profondément en paix avec eux-mêmes. Ils n'ont peur de rien. Il me tend un crâne. Oui, un vrai crâne humain, celui d'une personne incinérée la veille.

— Voilà ce que notre costume sera sous peu, me dit-il. Comme tout vêtement, il s'use. Puis, nous revenons avec un nouveau costume.

Je prends alors conscience qu'il me parle dans sa langue et que j'arrive à le comprendre sans peine. Il reprend, malgré mon air ébahi :

— La seule chose que nous perdons, c'est notre temps. En planifications, en hésitations, en tergiversations.

Nous restons trois heures dans le cimetière sans qu'il prononce un autre mot. Soudain, sans prévenir, il se lève et retourne sur les rives du Gange. Je l'accompagne jusque-là. Comme s'il savait que le moment de grâce est terminé et que je ne peux plus comprendre sa langue, il m'offre une dernière perle de sagesse, en anglais cette fois :

— *There is always a way out. Be at peace. Sit down and clear your mind. Calm down. Clear your mind.*

Ensuite, il allume un feu et se met à marcher dans sa direction pour s'y baigner, comme si ce n'était que de l'eau. Rien. Pas une seule brûlure !

— *Understand the real power of letting go and being at peace, each and every moment. Nothing will arm you.*

Je traduis mentalement et me répète ces mots afin de ne jamais les oublier : « Il y a toujours une issue. Sois en paix. Assieds-toi et libère ton esprit. Calme-toi. Libère ton esprit. »

C'est là que je comprends la puissance du lâcher-prise et de la paix intérieure.

Je dois enfin me résigner à rentrer tout bonnement à la maison. Mais après avoir passé les heures les plus intenses de mon existence, je ne peux tout simplement pas m'arrêter ici. Je cherche désespérément un signe qui relancerait ma quête. Je commence à craindre que ma bonne étoile ne pâlisse. Quand il est question de destin, un seul endroit ne m'a jamais déçu : les toilettes. J'identifie vite une petite porte symbolique, aux couleurs verdâtres. Impossible de me tromper. L'odeur trahit le repaire. Une seule cabine de libre. L'inscription juste au-dessus de la poignée est sans équivoque : « *En España nos vamos.* » QUOI ? L'Espagne ?? Je sais bien que des dizaines de touristes en quête de nirvana foulent quotidiennement les berges du Gange de Varanasi, mais de là à me faire pointer l'Espagne comme prochaine destination, il y a un pas énorme.

Pas suffisant, me dis-je en moi-même.

Je viens manifestement de rencontrer en chair et en os un de ces fameux Maîtres étudiés dans mes lectures à l'université. Donc, j'ai le droit de recevoir un autre signe. Une confirmation sans équivoque que je dois partir pour l'Espagne !

Je quitte ma cachette nauséabonde et, en tentant de rejoindre la route, je bute contre une immense vache… à cornes ! Un taureau. Comme dans les corridas.

J'obtempère. L'Espagne ce sera.

Je plie bagage, explique à Olivia que j'ai besoin d'un peu de vacances après le magasinage des derniers jours, orchestre la livraison de nos achats vers l'Amérique et quémande au patron, par un téléphone raccordé à des milliers de câbles enchevêtrés, la possibilité de recevoir un virement sur mes honoraires pour payer deux billets d'avion vers l'Espagne.

Le lendemain, à la sortie du Western Union du coin, c'est bagages en main que nous nous rendons à l'aéroport pour de nouveaux cieux.

Tout sourire, je me plante devant le tableau des départs à la recherche du prochain vol vers le pays ibérique. Une main se glisse dans la mienne.

— Mon amour, que dirais-tu de Barcelone?

LE COMMENTAIRE DU PHYSICIEN

CG, abasourdi :

Naga Baba Papouji, Aghorananda! Qui sur terre oserait s'appeler de cette façon? Pourquoi pas Babajour ou Agogonandadoubidoua, tant qu'à y être!

Parce que y être, j'y étais!! Et oui, cet étrange itinérant spirituel, couvert de cendres blanches de la tête aux pieds, vivant dans un cimetière, avait vraiment de drôle de pouvoirs.

Trucages? Difficile à croire avec ses moyens.

Il y a de ces trucs bizarres sur terre.

Au moins, nous allons sous peu regagner le monde civilisé en Espagne. Tant qu'à apprendre rationnellement à prononcer de nouveaux mots, j'aime mieux *tapas* que Naga, *pan* que Papouji et *agua con gaz por favor* qu'Aghorananda.

Au secours, quelqu'un...

CHAPITRE
— 8 —

Nous prenons de nouveau l'avion. La durée du vol sera de huit heures. J'en profite pour dormir et me remettre un peu de ce voyage initiatique en Inde. Soudain, nous passons à travers une poche d'air. L'avion chute de quelques milliers de pieds et je me réveille en sursaut. J'étais en plein rêve. Ma dulcinée perd presque connaissance, mais moi, je suis trop épuisé – ou trop en paix – pour craindre quoi que ce soit. Le calme revient, l'avion se stabilise et le personnel de bord fait de son mieux pour rassurer les passagers. Le commandant prend la parole :

— Nous vous demandons de demeurer calmes et de ne pas vous affoler. Nous venons de traverser une zone de turbulences. La situation est maintenant maîtrisée et il n'y a rien à craindre. Nous arriverons sous peu à destination et vous jouirez d'une température idéale pour découvrir la Costa del Sol, Gaudí, Dalí...

Je n'écoute que d'une oreille. Je me détends et Olivia en fait autant, rassurée par le message du pilote. J'allume le petit écran devant moi et choisis la sélection de films de Disney. Je n'ai surtout pas envie de me casser la tête, même que j'aimerais bien me rendormir. Ça devient une habitude : je m'en remets au hasard. Je ferme les yeux, pointe l'index vers l'écran et j'appuie n'importe où. *Blanche-Neige*. Pourquoi pas ? À peine le film commencé, la voix du pilote interrompt les plans de la méchante belle-mère.

— Nous amorçons notre descente vers Barcelone. Veuillez boucler votre ceinture de sécurité, remonter la tablette du siège devant vous, redresser votre fauteuil, ranger vos bagages à main et retirer vos écouteurs.

Le message est diffusé en différentes langues. Toujours les mêmes consignes que je trouve bêtes, mais je n'offre aucune résistance. J'accepte tout ce que l'univers me demande, surtout si cela provient d'une voix au-dessus de ma tête !

Question de me mettre dans le bain, je fais une recherche rapide dans le répertoire musical du système audio de l'avion. Je cherche la chanson *Barcelona* de Freddie Mercury, défunt chanteur du groupe Queen. C'est que la musique a toujours fait partie de ma vie.

Déjà à cinq ans, je passais deux heures par jour devant un piano droit, au couvent, sous le regard sévère de sœur Corinthe, règle en main.

Ce vieux piano droit m'a de très nombreuses fois sorti de mes tristesses de jeune garçon, discipliné par des gammes, moulu par des arpèges, bercé par Chopin, enivré de Liszt et ragaillardi par Bach.

Une fois dans l'aérogare, je me dirige vers les *cuartos de baño* tandis que ma copine attend sa valise près du carrousel à bagages. Voici la traduction en français de ce qui est écrit sur la porte : « À Compostelle, tu trouveras de quoi composter ton passé. La seule façon de rester en vie, c'est de purifier ton corps pour que Dieu puisse passer à travers toi. Tu peux choisir de travailler comme un chien, le meilleur ami de l'homme, ou lui déléguer la tâche et apprendre l'amour. »

Depuis le début de mon aventure *Carpe Diem*, je crois que c'est le plus sophistiqué et profond message que je reçois dans mon confessionnal intestinal.

Olivia, nom parfaitement adapté à l'Espagne, me supplie de l'emmener sur la plage. Une « vraie » plage où les cadavres font place au soleil, aux magnifiques femmes bronzées de haut en bas sans démarcation, et à une mer chaude et enveloppante. Une véritable mère.

Bien que mon GPS divin m'ait déjà pointé la côte nord de l'Espagne direction ouest, je me perds dans les yeux d'Olivia qui resplendit dans cette ville aux saveurs de renaissance. Tout ici est beau et novateur. L'art ne se fait pas prier pour livrer ses perles. Comment aurais-je pu la priver de quelques jours de repos, alors que je m'apprêtais à l'attirer à mon tour dans des sentiers inusités, guidé seulement par d'étranges écriteaux ?

Une pause serait bienvenue de toute façon.

J'ai passé ma vie à courir et tout ce que j'ai trouvé comme fil d'arrivée, c'est un mur de béton froid, gelé comme le corps de Jennifer, étreint pour la dernière fois il y a à peine un mois.

Non, je dois ralentir.

Clé d'hôtel en main, nous partons pour la plage. Deux enfants libres.

Sur le sable, je songe à une phrase lue à plusieurs reprises dans mes cours de philo au Petit Séminaire de Québec : « Ce qui compte, ce n'est pas la destination, mais le chemin qu'on parcourt pour y arriver. »

Ouais, tu parles d'un parcours. J'aimerais quand même avoir une petite idée de ma destination !

Olivia revient de la mer, l'eau perle sur sa peau. Je retrouve mon calme et me dis que le parcours n'est peut-être pas si déplaisant que ça malgré tout.

■ ■ ■

Quelques chaudes nuits plus tard, soleil levant, croissant et cappuccino en main, j'interromps la conversation et ne laisse plus le temps à Olivia de dire un mot.

— Oli, je t'emmène dès ce matin vivre le sentier de Saint-Jacques-de-Compostelle. J'ai besoin de perdre une partie importante de mon passé. Accompagne-moi, s'il te plaît. Je ne crois pas pouvoir y parvenir seul.

Sans trop savoir pourquoi, après quelques minutes de réflexion, elle accepte de participer à cette marche sacrée. Je la soupçonne d'avoir elle aussi un peu de souvenirs à balancer par-dessus bord.

J'entraîne ainsi ma dulcinée vers la gare d'où nous prenons le premier train direction San Sebastian, l'une des étapes vers Saint-Jacques-de-Compostelle. Barcelone n'aura été qu'une courte escale.

LE COMMENTAIRE DU PHYSICIEN

CG, en colère :

Tabarnouche !! C'était sûr qu'il allait tout gâcher !

Nous étions si bien sur les plages de la Costa del Sol. Je pouvais lire les derniers *Scientific American Magazines*.

Mais non. Y fallait que le FOU reparte sur un autre trip spirituel.

Le parcours de Saint-Jacques-de-Compostelle.

Encore des réflexions existentielles. C'est tout ce que nous faisons depuis le début de ton aventure « nouvelle vie ». Tu choisis à peu près le pire chemin pour nous guérir de la peine d'avoir perdu NOTRE Jennifer.

Parce que c'était aussi MA femme. Oui, moi aussi, le côté rationnel, l'aimait beaucoup. Pour toutes sortes de raisons. Ne dit-on pas que le cœur a ses raisons ? Le cœur a sa raison. Et ça, c'est moi.

Tout ce que TU trouves à faire, c'est de nous mener vers un nouveau chemin de souffrances. C'est pas comme ça qu'on va l'oublier et passer à autre chose.

Tu oublis que notre nouvelle partenaire de vie, Olivia, est une femme spectaculaire, qui n'a pas du tout envie de passer les premières semaines de sa vie avec nous à nous voir en pleurs sans arrêt. C'est pas du romantisme, ça. C'est du déni !

Mais tu vas quand même faire à ta tête. Je ne sais pas pourquoi, c'est toujours ton point de vue qui l'emporte. Je dois avoir hérité de l'œil myope. Tu as l'œil presbyte. Pour y aller dans ta palette d'humour coloré, ton œil est justement fait pour le presbytère.

C'est bon, allons au couvent du chagrin. Hop, en route pour le presbytère de Saint-Jacques. Je dois te garder en vie malgré tout. Ma survie en dépend. Et je ne veux pas que nous perdions Olivia !

CHAPITRE
— 9 —

San Sebastian. Je suis touché par la beauté de l'endroit. Il fait frais, le ciel est magnifique et la mer offre des embruns frais et salés, à des années-lumière de l'odeur du Gange. Une visite rapide et instructive à l'office de tourisme nous en apprend un peu plus sur cette étape importante vers Saint-Jacques-de-Compostelle.

J'insiste pour que nous marchions quelques semaines sur les traces des pèlerins. Sur les traces aussi de saint Jacques. Pourquoi a-t-il fait tout ce chemin ? J'essaie de me souvenir de mes cours de religion, mais rien ne me revient. Nous nous mettrons en route dès demain. Nous longerons la côte atlantique, au nord de l'Espagne.

En attendant le grand départ, nous profitons de la ville, absolument charmante. Nous nous offrons même un repas au restaurant et je me régale de crevettes fraîchement pêchées. Un délice !

Avant de reprendre notre balade, un passage aux toilettes s'impose. Je sais que je vais y découvrir un nouveau graffiti. Sauf que ! Je ne lis pas l'espagnol. Bien que le latin forme aussi les bases de cette langue nouvelle pour moi, je suis confronté à un choix difficile. Debout, devant les toilettes, je n'arrive pas à distinguer la différence entre les pictogrammes homme et femme ! L'artiste, sûrement trop inspiré par Gaudí, a fait fi des pauvres touristes à la vessie en crise d'hystérie.

Pas le choix, je lève l'index vers le cuisinier caché derrière des montagnes de tapas en lui pointant naïvement les deux portes des toilettes.

— *A la derecha, señor !*

Ici, le latin refait surface. À droite. Ouf ! Sauvé ! Et fidèles comme un beau vieux chien, les mots s'alignent sous mes yeux. Je les note en espagnol et comprendrai vingt minutes plus tard mon nouvel indice : « Comment veux-tu donner ce que tu n'es pas toi-même prêt à recevoir ? »

De retour à l'extérieur, nous poursuivons donc notre parcours. Je reste accroché à ma dernière inscription et j'essaie d'y voir plus clair. Je regarde autour de moi. J'ai soudain l'impression que nous sommes passés à côté de quelque chose d'important. Pourquoi sommes-nous venus jusqu'ici ? Pourquoi ne pas avoir profité de Barcelone ? La Rambla, la Sagrada Família, la Méditerranée... Nous aurions pu faire la fête et nous la couler douce dans la capitale catalane pendant de nombreuses semaines. Mais non. Nous nous retrouvons plutôt au cœur du pays basque espagnol.

Nous troquons nos valises pour deux sacs à dos. Je fais enfin mon âge. Le tour de l'Europe entre le collège et l'université, aventure ratée jadis, revient de plein fouet dans mon curriculum vitae.

Nous marchons. Contrairement à ce que j'avais pu lire, la marche n'est pas douloureuse. Pas émotive.

Il faut dire que ce parcours n'a pas eu la chance de mûrir dans un cœur blessé. Son apparition spontanée n'a pas laissé le temps à la plante grimpante des attentes de purification de faire son chemin dans mon esprit.

Non, plutôt ado comme aventure.

Mais la réputation du chemin de Compostelle commence immanquablement à faire son œuvre. Je marche. Chaque pas me rappelle un souvenir. Puis, de temps à autre, une pensée pour ma famille, mes parents, que j'ai quittés sans donner signe de vie.

Mais c'est Jennifer qui remonte sans cesse dans ma tête.

Au bout d'une semaine, je n'en peux plus. Je regarde Olivia qui peine à suivre mes élans d'émotions et je choisis de quitter définitivement cet état d'esprit dépressif.

C'en est trop. Je ne veux pas revivre tout ça.

Stop. Fin. Compostelle au compostage. Du moins, le chemin.

Je compte bien accorder un peu de sens à ce périple.

Soudain, une impulsion me pousse à agir sur-le-champ.

J'ouvre au hasard le *Guide du routard* acheté à San Sebastian en y cherchant d'autres indices.

Je tombe sur une illustration d'un héros national, Don Pelayo, qui a repoussé l'invasion barbare pour défendre la chrétienté.

Les faits historiques se bousculent dans mes souvenirs. Don Pelayo, Pélage, pourchassé par les Maures en pleine cordillère Cantabrique au 8e siècle.

Je dois voir de mes propres yeux cette importante pièce du casse-tête de ma formation religieuse.

— Taxi! *Los picos de Europa*, dis-je en montant en voiture, entraînant ma copine étonnée par ce geste spontané.

Les pics d'Europe. Ce massif montagneux est le plus élevé de la cordillère Cantabrique. À une bonne trentaine de kilomètres des côtes, ces montagnes sont pourtant la première terre que les marins aperçoivent en approchant du continent. Nous y découvrons un repaire absolument troublant, recelant des centaines de secrets chrétiens. Au pied d'une statue, nous lisons « *Esa montaña sera la salvacion de Europa.* » « Cette montagne sera le salut de l'Europe. »

Sans autres préparatifs, avec un simple sac à dos et une tente à peine assez grande pour une personne, nous empruntons le sentier devant nous. Nous marchons jusqu'au point culminant du massif : la Torre de Cerredo, à deux mille six cent quarante-huit mètres de hauteur.

Il ne nous reste tout au plus que trois heures de clarté. En nous dépêchant, nous pourrons faire l'aller-retour avant la tombée de la nuit et bivouaquer au pied de la montagne. Nos jambes sont rapidement épuisées, mais la beauté de l'endroit nous incite à aller de l'avant. Encore un peu plus loin, de minute en minute, un pas après l'autre. Le jour décline vite et nous sommes forcés de nous arrêter. Nous devrons passer la nuit en pleine montagne, vêtu uniquement de t-shirts et de pantalons courts. S'il fait chaud le jour, la nuit, c'est une autre histoire ! Nous sommes gelés, complètement gelés, transis de froid. Nous nous collons l'un contre l'autre, pour nous réchauffer. De mémoire, je ne crois pas avoir déjà étreint quelqu'un aussi fort que cette nuit-là. À force de grelotter, nos corps s'épousent jusqu'à n'en former plus qu'un.

Après une dizaine d'heures d'un froid pénétrant, le soleil se lève enfin et le temps se réchauffe. Ce n'est qu'à ce moment-là que nous nous endormons, sous l'effet bénéfique de la chaleur. Le froid nous a tenus éveillés toute la nuit. Nous sommes réveillés par le tintement d'une cloche. Pas une cloche d'église, mais plutôt une clochette passée autour du cou d'une vache. Celle-ci, curieuse de voir les deux étrangers installés au beau milieu de son pâturage, s'approche de la tente. Téméraire, elle passe la tête à l'intérieur de notre abri et me lèche le visage. Je recule en la repoussant tandis que ma copine se réjouit du spectacle. Je veux bien que les vaches soient sacrées pour certains, mais il y a des limites. Une lichette pour démarrer la journée, je n'en demandais pas tant. Je tape dans mes mains pour éloigner l'animal qui retourne tranquillement brouter l'herbe verte de la montagne.

Je sors alors de la tente où il commence, de toute façon, à faire trop chaud. Surprise : un graffiti est écrit sur une grosse pierre qui se dresse devant moi. Je n'en reviens pas ! Même à cette altitude, les gens laissent des traces de leurs pensées. Beaucoup de randonneurs empruntent ce sentier et veulent marquer leur passage, une façon comme une autre de partager leurs états d'âme avec les autres marcheurs, de donner au suivant en quelque sorte. Voici ce qui m'est offert ce matin : « Sur la route de Compostelle, la seule façon de rester en vie, c'est de te purifier. Une fois purifié, Dieu pourra briller à travers toi. » Je reviens vers ma copine qui observe un berger et ses moutons au loin. Nous nous embrassons longuement. Nous remballons la tente et rebroussons chemin. Il est maintenant temps de reprendre le chemin de Compostelle. Je ne suis pas du genre à abandonner facilement.

Olivia semble peu enthousiaste à l'idée de se réengager sur cette route. Elle est un peu découragée par l'ampleur du projet. Elle me demande si nous ne pourrions pas nous épargner tout ce trajet à pied, ce qui nous permettrait d'arriver plus vite à destination. Son père lui a envoyé un message et il attend de nos nouvelles. J'accepte. Cheminer à deux implique de faire des compromis. Nous louons donc une voiture, une Renault 5, petite mais efficace. Quelques jours plus tard, nous arrivons à Saint-Jacques-de-Compostelle. Nous n'avons pas le mérite de ceux qui ont effectué le trajet à pied, mais nous y sommes tout de même !

Je m'attendais certes à être ému en foulant le sol de ce site sacré, mais ce que je vois, ce que j'entends, en fait, est un véritable moment de grâce. J'ai toujours été un grand mélomane. J'ai d'ailleurs beaucoup joué du piano, à une autre époque de ma vie : deux heures par jour pendant seize ans. Au moment où j'éteins le moteur de la voiture, j'entends une musique qui me rappelle quelque chose. Je sors du véhicule, attiré comme par le chant d'une sirène. La plus belle pièce de Bach résonne sur le parvis de la cathédrale. Un clarinettiste interprète de façon sublime *Air on the G String*. Je suis au bord des larmes et m'assieds par terre par crainte de m'évanouir. Moment d'extase ! Pour une des rares fois, cette chasse au trésor saugrenue me livre enfin une de ses précieuses perles.

Une fois la pièce terminée, je prends le temps de me remettre de mes émotions avant de pénétrer dans l'église. Un vrai joyau ! J'en ai le souffle coupé. Je pleure, sans savoir pourquoi. J'ai l'impression d'avoir fait le tour du monde pour revenir enfin chez moi.

Ma belle n'arrive pas à suivre le tourbillon d'émotions qui m'emportent. Cela me semble normal ; après tout, nous nous connaissons si peu. Olivia n'a aucune idée de mon passé, de ma passion pour la musique, de mes études religieuses et de tant d'autres souvenirs qui refont surface dans cette église. Elle ne connaît de moi que mon présent et j'espère de tout cœur que nous partagerons notre futur.

Ma copine est épuisée par le long voyage que nous venons de faire et elle a besoin de manger. Même en voiture, la route fatigue. Devant l'église, un hôtel annonce qu'il a des chambres libres. Je demande à Olivia d'aller m'y attendre. Elle pourra se restaurer et se reposer. Moi, j'irai la rejoindre un peu plus tard. J'ai besoin de m'isoler pour goûter pleinement le moment.

Je n'ai aucun mot pour décrire la splendeur de l'endroit où je me trouve. J'ai le sentiment intense d'être nourri par ma Jennifer, la vraie femme de ma vie, d'être en communion totale avec elle. Après trois rosaires et quelques Notre Père, je réussis de peine et de misère à me relever. Je suis resté à genoux plusieurs heures ! Je ne pouvais pas rester assis passivement, sans bouger. Je devais m'incliner devant tant de grandeur. Un dernier signe de croix, une goutte d'eau bénite et je pars retrouver ma complice qui m'attend à l'hôtel.

Nous nous attablons ensuite à une terrasse et mangeons quelques tapas. Je cherche autour de moi un signe qui devrait dessiner la suite de notre aventure. Je n'ai pas à attendre très longtemps. C'est Olivia qui me le fournit. En revenant des toilettes, elle me demande qui est saint Paul. Comme je m'étonne de sa question, elle m'explique:

— « Saint Jacques avait un bon ami: saint Paul. » C'était écrit au dessus du lavabo.

Je lui raconte brièvement l'histoire de saint Paul. Mais ma mémoire fait défaut et il y a des failles dans mon récit. Interrompant abruptement mon récit, un peu bancal, de toute façon, je lui demande:

— Es-tu déjà allée au Brésil?

— Non, mais quel est le rapport?

— Chérie, tu sais que, lorsque je t'ai pris la main dans l'auditoire du show de webtélé, j'ai vu dans ton regard une étincelle d'aventurière. Je t'ai aussi confié que j'ai choisi de vivre en suivant la piste des signes et des coïncidences. Ce sont d'ailleurs ces fruits du hasard inexistant qui m'ont conduit jusque dans tes bras dont je ne pourrais plus me passer.

— Flatteur, va. Tout ça, c'est sans compter ce culte étrange que tu voues aux écriteaux de fortune des portes des toilettes…

— Pis après? Jusqu'à présent, cette quête de je ne sais quoi m'a redonné un goût pour la vie, fourni des occasions de travail inespérées et permis de combler une partie du vide dans mon cœur blessé et de trouver une merveilleuse compagne. Pourquoi m'arrêterais-je? Pour un emploi banal, encadré d'un 9 à 5 méprisant et d'une télévision en guise d'échappatoire? Non merci.

Elle me regarde bouche bée, prise au dépourvu.

D'abord le saut de parachute, puis l'Inde, suivie de l'Espagne et maintenant l'Amérique du Sud?

Elle semble perdue dans un livre d'aventures à la Jules Verne improvisé.

Son père peut bien nous attendre encore un peu, São Paulo a des choses à nous dire, j'en suis on ne peut plus convaincu.

Une fois de plus, Olivia accepte de me suivre. Sur l'autre continent. Après tout, nous disposons maintenant de moyens presque illimités grâce à son père, très satisfait de nos achats de Varanasi.

Nous sommes jeunes et je sais qu'elle craque pour mon côté imprévisible. Dans une petite agence de voyages, nous achetons deux billets d'avion pour le Brésil. Nous cédons les clés de la Renaud au concessionnaire local, puis nous nous rendons à la gare. Pour un Canadien, le trajet du nord-ouest de l'Espagne jusqu'à la capitale, c'est une randonnée du dimanche...

Nous passerons la nuit dans le train plutôt qu'à l'hôtel.

Le carnaval du FOU (CG) :

Le Brésil, c'est peut-être l'apothéose des carnavals, mais tu es en train de détruire notre relation de couple.

Le FOU, se fiant à des satanés écritures sur les murs des toilettes et à des liens tirés par les cheveux, a fait vivre à notre nouvelle flamme des changements de vie les uns après les autres, le bruit de l'Inde, le parachute, le grelottement, et voilà qu'il l'a fait dormir dans un train pour aller voir saint Paul.

Non mais à quel saint dois-je me vouer pour que cesse ce carnaval ? La Rio va couler sur nos joues, je vois ça venir à la vitesse d'un taureau percé d'une lance en pleine corrida.

Le Brésil ???

Sao Paulo ???? Un des endroits les plus criminalisés au monde ?

Et c'est son idée d'un voyage d'amoureux ?

Je n'ai qu'une envie, lui envoyer un signe en faisant tourner dans ma tête la chanson *L'incendie à Rio* : En pleine nuit une sirène (Olivia) appelle au feu tous les pompiers (Moi, CG), il n'y a pas de temps à perdre (à qui le dites-vous!) sinon tout le quartier va brûler (mon FOU a déjà brûlé toutes ses portes de sortie), oui mais voilà pendant ce temps-là on a perdu les cordes, les tuyaux et l'échelle de la réalité. Notre échelle s'apprête à devenir l'échelle de Jacob. Souffrance en souffrance. Barreau en barreau.

Je deviens moi-même FOU, ma foi.

Saint Paul. Lui aussi a passé sa vie à écrire. Au moins, c'étaient des épîtres, pas des chapitres!

CHAPITRE
– 10 –

Le vol a duré douze heures.

Sitôt les bagages extraits du carrousel, Olivia se dirige vers un téléphone public. Comme je ne suis pas bien loin, je peux très bien entendre 50 % de la conversation.

« Papa, je sais que tu m'attends à la maison. Je sais aussi que tu commences à trouver que ce petit projet commercial coûte plus cher que prévu. Mais ce garçon a quelque chose de spécial. Il est imprévisible, dynamique et ça me fait beaucoup de bien. Tu sais, depuis la mort de maman, je n'avais pas vraiment pris le temps de me retrouver hors du contexte familial. Donne-moi encore une semaine et nous revenons. Tu auras peut-être à nouveau besoin de lui pour ton entreprise ? » Le chat vient de sortir du sac. Depuis ma rencontre avec Oli, je me doutais que quelque chose la tracassait. Même dans ses plus beaux éclats de rire, une touche de tristesse et d'amertume se glissait comme un soupir dans une portée musicale.

À la sortie de l'aéroport, une limousine nous attend. Je suis toujours étonné par le réseau de relations dont jouit son père.

Le chauffeur nous avise qu'il ne s'arrêtera ni aux feux de circulation ni aux arrêts et nous demande de ne pas baisser les vitres. Curieuse directive. Surtout par pareille température.

— Pourquoi ? lui demande-t-on d'une même voix.

— Parce qu'ici, les *bandidos* sont prêts à couper un bras pour partir avec une Rolex.

Je ne porte pas de montre, mais son message me convainc de garder les vitres fermées et les portières verrouillées. Dans la voiture, je m'en veux d'avoir entraîné ma copine dans un endroit où sa sécurité est manifestement compromise. Couper le bras de quelqu'un pour un bijou ! L'idée me fait frémir et je commence à douter. Qu'est-ce qu'on fait ici ? Je tourne mon cœur du côté de mon âme sœur qui veille sur moi, sur nous maintenant, de là-haut. « Montre-moi la voie, je t'en prie. » Ma petite voix intérieure me répond : « Ne t'en fais pas, je m'occupe de toi. Reste en état d'abandon. Le corps n'est qu'un costume, ce n'est pas le vrai toi. » Je me cale dans le siège de la limo et j'essaie de rester calme. Après tout, la confiance a été jusqu'ici le meilleur des guides. Je remarque une carte accrochée au rétroviseur et demande au chauffeur de nous traduire ce qui y est inscrit.

— «Un leader tire les autres par l'exemple, un suiveur pousse parce qu'il est peureux. »

Je ne sais pas pourquoi, mais je pense à l'époque des grandes monarchies européennes. Lors des guerres, les rois marchaient toujours les premiers en avant de leurs troupes, donnant l'exemple. Ils affrontaient l'ennemi l'épée à la main. Leur courage inspirait leurs soldats.

Donner l'exemple. Je me dois d'être courageux et de donner l'exemple, voilà ce que je retiens. Ne dit-on pas «être exemplaire»? Après une heure de voiture à travers les rues de la mégapole, nous descendons dans un hôtel en plein cœur de la ville. Malgré les mises en garde de notre chauffeur, nous sortons pour explorer les alentours. Il faut demeurer vigilants, c'est vrai, mais pas au point d'être paralysés par la peur.

Nous sommes épuisés par le long voyage et le décalage horaire, mais l'ambiance survoltée du centre-ville de São Paulo nous tient éveillés. Le Brésil, c'est la jungle! Que nous soyons dans le fin fond de l'Amazonie ou en pleine ville, c'est toujours la jungle. Un carnaval, une danse qui nous entraîne dans son mouvement incessant. J'en oublie le destin, saint Paul, le courage, les signes, les inscriptions qui me guident d'un endroit à l'autre depuis le début. Je sens que nous avons besoin de lâcher notre fou et cette ville m'apparaît comme l'endroit rêvé pour le faire. Nous entrons dans un bar dont la musique se fait entendre jusque dans la rue. Le stress et la peur sont de mauvais conseillers, alors nous décidons de foncer et d'entrer pour évacuer toutes les tensions qui nous tenaillent.

Aux petites heures du matin, nous retournons à l'hôtel, un peu éméchés mais surtout libérés de nos maux. Je comprends maintenant ce que nous venions chercher ici: la liberté. Après tout, le Brésil est réputé pour ses carnavals, il représente l'incarnation même de la liberté. Il faut parfois se donner la permission d'oublier totalement qui on est pour mieux se retrouver.

Le détour était peut-être grand pour en arriver à ce constat, mais je sais que ça valait le coup. Si je suis capable d'une telle liberté avec ma nouvelle flamme, c'est qu'elle mérite que je lui donne entièrement mon cœur. Je décide donc de tout lui donner : c'est avec elle que je veux partager l'avenir. Après tout, c'est avec les vivants qu'il faut vivre et non les morts.

Une semaine plus tard, Olivia m'indique clairement que nous devons rentrer au bercail. Je la sens nerveuse. Elle a besoin de retrouver ses assises dans sa terre natale, New York. Elle m'indique sans détour qu'elle est même prête à considérer Montréal si je le lui demandais. Elle veut se réancrer dans une routine un peu plus normale.

J'ai un mauvais pressentiment.

Au repas du midi, à la table, je trouve une serviette usagée laissée par les convives précédents et sur laquelle est inscrit au crayon à paupières : « Je te quitte. Pars retrouver l'autre femme de ta vie. » Cette fois, je ne comprends pas l'indice. L'autre femme de ma vie est au ciel. Où cherches-tu à m'envoyer, Jennifer ? Pas de réponse. Simplement un menu portugais.

Olivia est absente. Elle a clairement la tête ailleurs. Nos danses effrénées de la veille ont-elles suffi à vider le reste de ses frustrations ?

Pas en ce qui me concerne.

Le Brésil, l'Amazonie, c'est la terre des chamans. La terre de Gaïa dans sa plus grande intensité.

En route vers l'hôtel, nous croisons une boutique touristique. Dans sa vitrine s'entassent des dizaines d'affiches offrant des croisières sur l'Amazone. Une se démarque immédiatement à mes yeux : « Joignez-vous au chaman Ankayu pour une descente mémorable et authentique de l'Amazone, sur son embarcation *Rio de Laetitia*. » Mon Dieu. La mère de Jennifer s'appelait Laetitia !

Ça y est, je dois me rendre à Iquitos et naviguer sur l'Amazone avec Ankayu ! C'est décidé.

Je me retourne vers Olivia, qui lit déjà dans mes yeux des hiéroglyphes de nouvelles aventures.

Mais cette fois, je n'ai pas le dernier mot.

— Comment ça, l'Amazonie ? Tu commences à me tomber royalement sur les nerfs ! Ça fait à peine trois semaines que je te connais et tu me trimbales aux quatre coins du monde comme si j'étais une simple valise ! Je dis oui à tout ce que tu veux et refile l'addition à mon père, mais maintenant, ça suffit ! J'en ai marre ! Cette fois-ci, tu pars seul.

— Attends, tu ne me comprends pas...

Je lui montre la bague que j'ai achetée le matin même durant ma marche solitaire, certain qu'elle ne pourrait pas résister à cette promesse dorée de l'union. Pour toute réponse, elle me donne un peu d'argent et tourne les talons. Maigre compensation quand on pense à tous les rêves qu'elle brise en s'en allant. Une autre femme, la seconde, une autre gifle. On s'y fait.

Quelques heures plus tard, léger baiser sur la joue, elle retrouve sa limo et repart vers New York.

Je me retrouve une fois de plus seul avec ma peine qui vient subitement de refaire surface sur cette terre volcanique aux élans de nature à l'état brut.

CG, désespéré :

C'était écrit dans le ciel, il a tout fait rater !! Quelle idée aussi de forcer Olivia à vivre une autre aventure en si peu de temps ! Une dame de ce calibre a besoin de repères, de racines. Pas de subir un rythme de gipsy ! Tu l'avais, ton amazone. Elle était même prête à quitter New York pour s'installer avec toi à Montréal. Son père t'aurait donné un emploi garanti, assuré, avec un bon salaire, des avantages sociaux, un fonds de pension. Tu avais tout, TOUT à portée de main. Tu n'avais qu'à te taire et à m'écouter, pour une fois!

Si je le pouvais, je me séparerais de cette minable tête et sauterais dans la valise d'Oli.

Puisque c'est impossible, nous irons donc le voir, ton caillou de chaman. C'est ça! Un caillou! Quoi? Comment? Ankayu.

Du pareil au même quant à moi. Un caillou de plus dans nos chaussures de vie.

CHAPITRE
– 11 –

Planté au coin d'un carrefour central de la ville, une poignée de dollars en poche, je n'oublie pas la promesse que je me suis faite. Advienne que pourra ! Olivia m'a laissé assez d'argent pour poursuivre ma route environ une semaine.

Je retrouve mes habitudes d'étudiant et établis rapidement un budget pour vivre quelques semaines la descente du fleuve le plus long de la terre.

N'ayant littéralement plus rien à perdre, j'opte pour le plus vieux moyen de transport du monde : l'auto-stop.

Je cherche un emploi. Je veux retrouver un peu d'indépendance et, pourquoi pas, stimuler mon intellect en apprenant une nouvelle langue pas si différente de mon français maternel de par ses racines.

« *Bom dia, bom tarde, como vai.* » Trois formes de bonjour qui me suffiront avec un peu de patience à trouver l'un de ces chauffeurs de camion transportant l'or du Brésil, le café.

Dans un portugais aux couleurs hispano-francophones, je finis par lui faire comprendre que je souhaite me rapprocher de la capitale de l'Amazonie, au nord du Brésil, la ville de Manaus, point de départ de l'aventure d'Ankayu le chaman.

Sans hésiter, il me dit que ce sera son deuxième point de livraison, mais qu'il doit au préalable faire la collecte de précieux grains de café.

Les planteurs de café sont de plus en plus nombreux dans le paysage. Dans cette région du Brésil, ils cultivent principalement les espèces arabica et robusta (canephora).

Je regoûte alors à l'excitation de l'apprentissage et de la découverte. J'ai toujours aimé apprendre en mettant « les deux mains dedans ». Encore quelques heures avant la tombée du jour. La pénombre ne saurait tarder.

Tout à coup, POW !!!!

Mon cœur fait trois tours sur lui-même.

Absorbé dans mes observations de la nature, je n'avais pas remarqué que mon chauffeur avait tiré du dessous de son siège une longue et terrifiante carabine de calibre 22.

Sentant la menace et repassant dans ma tête les pires scénarios d'Hitchcock, je pointe son arme et le dévisage tout en haussant les épaules.

Il éclate de rire, devinant sûrement ma peur qu'il m'immobilise d'une balle pour vendre ensuite mes reins au plus offrant.

Il sort son arme par la fenêtre et se met, comme si de rien n'était, à viser les pancartes longeant les côtés de ce qui sert d'autoroute.

« *Entretenimento* », me dit-il. Divertissement.

Je comprends alors pourquoi les affiches routières sont criblées de balles. Les chauffeurs s'amusent à y faire des trous tout en conduisant leur cheval d'acier. Tout un Far West !

Une fois à bon port, il est clair que nous devrons y passer la nuit. Une gigantesque usine de torréfaction et traitement de grains de café nous accueille, avec, pour haie d'honneur, militaires et bergers allemands !!

Mon courage qui n'a d'égal que mon degré d'abandon est à nouveau solidement mis à l'épreuve.

« *Confiança e fé.* » Telle est la signification du symbole à l'entrée de l'usine. Confiance et foi. Je retrouve mon calme. Ma foi, ma fé(e) Jennifer, veille sur moi.

Dans cette ville miniature, on trouve de tout. Même un centre de recrutement.

Pourquoi pas ? me dis-je. Je suis presque ingénieur électrique, travaillant, en pleine santé, et trilingue. Il y a forcément du travail ici pour quelqu'un comme moi, pour deux ou trois semaines, le temps de faire quelques réserves et partir à la conquête du Rio !

Je dors aux côtés de mon chauffeur, sur une couchette improvisée.

Aux petites heures du matin, je me rends au bureau d'emploi.

Le recruteur en chef, un peu surpris par une pareille visite, appelle d'emblée son superviseur chargé des opérations de l'usine.

Ma bonne étoile est au rendez-vous. Quelques jours plus tard, un important convoi d'importateurs anglais viennent visiter les lieux.

Je suis dépêché au bureau du contremaître qui s'adresse à moi dans un anglais douteux mais tout de même compréhensible. Il souhaite faire de moi son ambassadeur pour cette importante visite.

En quelques semaines, je dois me repérer dans les dédales de l'usine, apprendre ses rouages, le fonctionnement du processus de nettoyage des grains, le système d'empaquetage, bref l'alpha et l'oméga de la production, puis préparer une présentation. Dieu merci, les ordinateurs existent même dans la jungle la plus féroce.

■ ■ ■

La visite s'est déroulée sans anicroche. J'ai même dû faire bonne impression, vu le montant que j'ai reçu en prime de départ après trois semaines au pays du café.

Mon chauffeur, fidèle à sa navette quotidienne, reçoit de ma part une bouteille de Cachaça, une eau de vie populaire au Brésil faite à base de canne à sucre, et m'embarque enfin pour ma destination, Manaus.

La croisière doit quitter son port d'attache dans quelques jours.

Ankayu est bel et bien réel. Nous ne serons que six passagers dans son embarcation, disons, pour le moins périlleuse…

La descente n'est ni plus ni moins que paradisiaque. Comment vivre une vie entière sans découvrir pareille beauté à l'état on ne peut plus sauvage !

Caïmans, dauphins roses d'eau douce et anacondas ne sont que quelques-unes des espèces animales que nous rencontrons.

L'étrange chaman qui nous guide connaît tout sur la faune et la flore amazoniennes. Il nous décrit le rôle et les utilisations de chaque plante que nous croisons.

Coup de chance, deux des cinq autres passagers sont originaires du vieux continent. De Paris.

Nous parlons longuement autour d'un feu de camp. Au lever du soleil, je n'ai pas besoin d'écritures sur un mur de toilettes pour comprendre que la France sera dans quelques jours ma prochaine destination.

Non loin des cendres du feu de la veille, je songe à la tour Eiffel en vidant les restes du délicieux jus de canne à sucre avalé au réveil quand j'entends le cri retentissant d'un coq. Le coq gaulois figure au palmarès des symboles français.

Quelques jours plus tard, je retrace mon parcours jusqu'à l'aéroport le plus près et me voilà à nouveau entre ciel et terre, vers la fleur de lys européenne.

Décidément, Jules Verne n'aurait pas fait mieux…

CG, le banquier :

Ah, excellent, de l'espresso ! Hyper, double-hyper allongé, svp.

Toi, le FOU, va t'allonger. Moi, je vais rationaliser tout ce qui nous arrive pour qu'on apprenne au moins quelque chose d'utile dans tout ça.

Le café réveille un côté rationnel que ma raison ne peut expliquer. Mais si j'ai appris quelque chose du FOU, aussi bien m'en servir.

Justement, quel idiot croit que l'argent n'est pas nécessaire dans la vie !! Vivre dans un demi-sous-sol avec deux enfants et trois jobs, pas très sain pour trouver la paix de l'esprit.

Laisse-moi tranquille avec l'or de la paix et l'argent au second rang. Je veux les deux. De l'or, pour des marchés incertains, et de l'argent pour faire le marché, c'est certain !

Je sais, tu vas me citer Jésus: «L'argent, c'est le démon!» *So what!!!* Elle est où, la limite pour éviter l'enfer? C'est quoi, le max en poche pour passer les douanes des portes de saint Pierre? Saint Pierre! Un douanier. C'est ça, la réalité. Il fouille ta vie et choisit de te laisser passer ou non. S'il refuse, tu retournes dans ton pays. En enfer. Mais c'est exactement ce que je veux. Vivre le plus longtemps possible et rester ici sur terre. La conclusion logique à ce syllogisme de fontaine de Jouvence, c'est que je dois avoir tellement d'argent qu'à la mort saint Pierre me refuse l'accès au ciel et me renvoie ici. Appelez ça l'enfer si vous voulez. Moi, j'aime cette vie et mes capacités mathématiques d'analyse. Bon!

Alors, combien dois-je avoir en banque pour ne pas passer le test du ciel? Je ne prendrai pas de risques. Ce sera beaucoup. Beaucoup, beaucoup, beaucoup.

Et le café, c'est stimulant. Et payant! Tant qu'à jouer à la roulette de la vie, jouons pour de vrai!

Voyons si je peux dénicher un poste de vice-président au commerce du café pour moi et mon FOU avant qu'il me fasse prendre l'avion pour Paris. Et si je perds, j'irai pour le vin. C'est tout aussi payant et excitant!!!

CHAPITRE
– 12 –

— Paris. PARIS !! La ville des amoureux et de la lumière.

Je suis toujours seul.

Au fond de ma poche, la bague de fiançailles que je devais offrir un mois plus tôt à Olivia.

Oh et puis merde ! J'ai encore un peu d'argent, mais le compteur tourne vite. Très vite dans cette ville. Du côté de mon compteur amoureux, je n'ai que dalle ! Je me surprends de la rapidité avec laquelle j'absorbe le français local.

Tant qu'à être à Paris, je choisis un peu symboliquement d'amorcer ma visite imprévue à la cathédrale Notre-Dame, me sentant meurtri par la vie comme le personnage du bossu imaginé par Victor Hugo.

Je prie.

Que dois-je faire maintenant ?

Je n'ai qu'une envie, retrouver Olivia. Ici. Maintenant.

Signe de croix. Génuflexion. Téléphone.

Je l'appelle, quitte à me faire crucifier.

À mon invitation, je reçois son refus catégorique comme une douche froide. Comment peut-on refuser les Champs-Élysées, la tour Eiffel, la Seine... Et parlant de scène, elle m'en a fait toute une !!

Je raccroche et me mets spontanément à fredonner les grands succès de Joe Dassin, lui que j'entendais quotidiennement dans la voiture de papa entre l'école et la maison.

« Et si tu n'existais pas, dis-moi pour qui j'existerais... » Ça y est, les larmes, qui ne sont jamais bien loin, refont surface. Je pose une main sur le dos d'un banc de parc délaissé à côté de moi et réalise que je ne sais plus pour qui j'existe. Je mets mes verres fumés pour cacher mes yeux rougis. Pas très subtil mais tout de même efficace.

Je me rends aux toilettes pour qu'on ne voie pas ma peine. Un graffiti dans la langue de Molière me réconforte aussitôt.

Après l'anglais, l'hindi, l'espagnol et le portugais, j'aurais pu m'attendre à n'importe quoi. Mais pouvoir lire ce qui est écrit dans ma langue maternelle me procure énormément de plaisir. « Pour trouver l'or, il faut quitter la quête de l'argent. Il faut jouer sans relâche. Il faut passer sa vie à la donner. »

Jouer sans relâche, vraiment !? La femme de ma vie est morte, ma mère aussi, ma copine m'a quitté. Je suis seul. J'ai travaillé et étudié toute ma vie, et pourtant je suis fauché. Et je serais sur terre pour jouer ? J'ai envie de tout casser, d'arracher cette foutue porte et de la balancer dans le vide. Je veux hurler mon désarroi, défoncer les cloisons. Soudain les parois de la toilette semblent se rapprocher, j'étouffe, je transpire à grosses gouttes et je sens la panique m'envahir. Il faut que je me calme, que j'évacue cette angoisse le plus vite possible. Je m'asperge le visage d'eau. J'inspire. J'expire. J'inspire à nouveau pour éviter d'expirer. La crise est bientôt désamorcée, mais je suis tout de même mal en point. Je retourne à mon banc de parc et m'endors comme un vulgaire itinérant de la vie.

Je ne sais plus pendant combien d'heures j'ai dormi. Je me réveille en sursaut. Mon rêve m'en a fait voir de toutes les couleurs. J'ai ressassé tout ce qui m'est arrivé depuis bientôt une saison entière. Tout a virevolté dans ma tête comme dans un kaléidoscope sarcastique.

Qui plus est, mon portefeuille commence à souffrir de malnutrition.

C'est reparti, mon kiki. Je dois vite trouver du boulot.

Au Brésil, les occasions sont rares, mais le coût de la vie est bas. Ici, scénario opposé.

Cette fois, c'est le souvenir de ma propre mère qui me sert de guide alors que j'observe la Seine. Louise, de son prénom. Je jongle avec l'étymologie du mot. Louise. Lou + is. Déclic. Au Louvre je dois me rendre.

Les musées ont toujours été de bonnes sources d'inspiration pour moi.

Je marche tranquillement, démarche française, le kilomètre séparant la cathédrale du musée.

La gorge sèche, j'opte pour un pastis, question de souffler un peu. Drôle de boisson. Couleur particulière. L'anis me rappelle mes visites secrètes de jeunesse au dépanneur du coin pour l'achat de bonbons à la réglisse noire en forme de pipe.

Sirotant ma boisson, j'aperçois du coin de l'œil un bus touristique offrant des tours de ville et portant la mention «en recrutement» à l'arrière.

Je note le numéro et sans attendre joins la réceptionniste en poste. J'ai appris que je devais agir immédiatement sur un signe, une coïncidence ou un graffiti pour en savourer la pleine puissance. Attendre revient à réfléchir, à peser le pour et le contre, à analyser. Mes cours de physique quantique me servent bien. L'univers est en continuel mouvement. Une décision peut être valide à un moment donné et devenir complètement absurde quelques instants plus tard.

La seule façon de savoir quoi faire est donc de se fier à son instinct. Je vois l'écriteau sur le bus touristique. J'appelle. C'est tout.

«Bonjour, madame. Je suis un Québécois de passage à Paris et je cherche du travail. J'ai vu sur un de vos véhicules que vous cherchiez du personnel. À qui dois-je m'adresser?» Après quelques minutes de silence, la dame me fixe un rendez-vous en fin d'après-midi avec un des chefs des ressources humaines de la boîte en question.

Parfait, juste le temps de me payer une visite au musée du Louvre.

Je ne sais pas pourquoi, peut-être à cause du pastis enfilé rapidement, je suis convaincu que cet emploi m'ira comme un gant. Juste le temps de me refaire les poches pour tenter de reconquérir le cœur d'Olivia.

Mon choix est fait. Ce sera elle ou personne. Trop de simili-hasards m'ont conduit dans ses bras.

LE COMMENTAIRE DU PHYSICIEN

CG aveuglé par la ville lumière du FOU :

C'est pas vrai ! Tout est à recommencer. Nous n'avons pas sitôt fait d'arriver à Paris que nous voilà déjà repartis pour un musée. Non mais, EILLE, le FOU !! Nous avons tout vécu ça à New York, ta patente des signes dans les latrines d'un musée. *Been there, done that!*

Au moins, embarque-nous dans quelque chose de nouveau pour une fois. Pis modère le pastis, ça va me mettre en rogne.

Prends-le, cet emploi, et laisse-moi la chance d'avoir un peu recours à mes capacités insurpassables de mémorisation. Tu pourras faire le pitre devant les touristes et donner ton show. Moi, je vais m'occuper de tout ingérer l'information requise. Je vais devenir un véritable almanach. Ça, c'est un signe raffiné. Un almanach à Paris ! Le pays du prix Goncourt pour une véritable œuvre littéraire. T'aurais pu au moins utiliser ta plume pour écrire un roman intelligent. Pas une mystérieuse prophétie sans Andes !

Get a job. A real life!!!

CHAPITRE
- 13 -

Comme lors de ma première journée à New York, je me rends donc au musée. Je trouve que c'est un bel endroit pour être seul. Peut-être y rencontrerai-je une muse ? Non mais, qu'est-ce que je raconte ? Ma muse m'attend en Amérique du Nord.

Je croise la station de métro Châtelet et marche jusqu'à la porte principale du Louvre. Il me reste quelques centaines de dollars américains que je convertis en euros dans un bureau de change. Les frais de service sont abusifs, mais je m'en fiche. Pour autant que je puisse payer mon entrée au musée… Pour la suite, j'aviserai en temps et lieu.

Marcher dans Paris m'a malgré tout rappelé celle que j'aurais dû épouser, Jenni. Je suis loin de mon plan initial ! J'entre dans le musée sans réellement prêter attention aux merveilles qui m'entourent. Mes pas me mènent directement à *La Joconde*. Son sourire m'éveille, m'émerveille. Je me sens privilégié de pouvoir contempler cette toile connue de tous. Même si la salle est bondée, je prends tout mon temps pour admirer ce chef-d'œuvre dont les dimensions sont beaucoup moins imposantes que ce que j'aurais imaginé. Je décide d'oublier mon chagrin et de profiter pleinement de ma journée. Après tout, j'ai la chance d'être dans l'un des plus beaux musées au monde. Je déambule, j'admire les trésors du Louvre, j'apprécie, sans me presser inutilement. Parlant de temps, je ne le vois pas passer et suis tout à coup tiré de ma rêverie par une cloche annonçant la fermeture du musée. Un agent de sécurité se place derrière moi pour m'inciter à me diriger vers la sortie.

Heureusement ! J'aurais raté mon entrevue !!

— Nous fermons dans sept minutes, monsieur.

Tiens, le chiffre 7. Cela me rappelle le graffiti qu'il y avait dans le Metropolitan Museum of Art à New York : « Un musée, c'est pour s'amuser. C'est le 7e art, 7 notes, 7 couleurs, 7 chakras, 7e ciel. » Voilà qui boucle la boucle ! Si certains viennent en France pour suivre la route des vins, moi je vais suivre la route des 7.

Je sors et me retrouve dans la cour, près de la pyramide de verre. J'aperçois la tour Eiffel au loin.

Je traverse les jardins des Champs-Élysées. « Au soleil, sous la pluie, à midi ou à minuit, il y a tout ce que vous voulez aux Champs-Élysées. » Ma machine à fredonner est plus forte que moi. De fait, on trouve toutes les combinaisons d'amoureux dans cet immense parc en ville…

Je frappe à la porte de l'agence touristique et me présente. On m'attend.

Sans mentir, j'ai l'impression d'arriver pile poil dans le plan d'affaires des tours Fleurs-de-Lys. J'ai le souvenir de l'emblème de la fleur de lys chez nos cousins et de notre marotte affichée sur toutes les voitures du Québec : « Je me souviens (que né sous le lys, je croîs sous la rose) ».

— Tiens donc, le voici ce Québécois. Il a fière allure, lance l'homme qui m'accueille. Jeune homme, parlez-moi de vous et de ce qui vous intéresse dans le monde du tour de ville.

Je raconte à ce monsieur bien en chair que j'ai le show-business dans le sang.

— Vous voyez, depuis que j'ai cinq ans, je suis des leçons de piano et de patinage artistique. J'ai donné de nombreux concerts et spectacles. J'ai aussi une excellente mémoire. J'ai le goût de ce défi.

— Très bien. Voici le topo : nous recevons régulièrement, comme vous pouvez l'imaginer, des groupes de Québécois ou Canadiens français, selon vos croyances politiques, en visite à Paris. Le problème, c'est que nous avons peine à les comprendre. C'est que vous parlez vite, les Américains ! Et vos expressions, houlala !

Celle-là, je ne vais pas la rater…

— En effet, m'sieur. Nous avons notre propre langue. Curieusement, de notre côté, nous vous comprenons très bien. C'est que vous parlez un français on ne peut plus impeccable. Surtout quand vous allez faire du shopping en runnings, en plein voyage de camping caravaning !

J'ai pris un risque. Mais j'ai fait mouche, car il éclate de rire.

— C'est vrai que nous nous anglicisons un peu trop. Alors, dites-moi, jeune homme, vous êtes prêt pour une formation intensive de sept jours ? Nous avons encore un bon mois rempli de visites touristiques à animer à travers les chemins parisiens. Si vous refusez, nous devrons aussi refuser de nombreux contrats. Plus d'une trentaine. Je vous offre un excellent salaire pour un mois et en prime le nouveau iPhone afin de pouvoir vous joindre n'importe quand.

Question de garder mon nouveau standing de vedette animatrice indispensable, je fais semblant de réfléchir alors qu'en moi tous mes organes hurlent de joie !

— J'accepte.

Une poignée de main et un verre de champagne scellent l'entente. La formation débutera le lendemain après le petit-déjeuner.

— Oh, monsieur, pourriez-vous me suggérer un bon endroit où séjourner durant les prochaines semaines ? Vous voyez, je suis arrivé ce matin.

— Oh. Vous ne perdez pas de temps, l'ami. J'adore ça. Mon petit-neveu est parti pour l'été chez sa tante en Allemagne. J'ai les clés. Tant que vous gardez l'endroit propre, il est à vous. Et pas de folies bergères à votre étage.

Wow ! Quelle tournure prennent les événements !

Un autre refrain français me revient à l'esprit : « Le vent dans tes cheveux blonds, le soleil à l'horizon, quelques mots d'une chanson, que c'est beau, c'est beau la vie. » Etc. Ferrat.

Au cours des quatre semaines qui suivent, je ne goûte qu'à du pur plaisir. Je passe des journées entières à raconter Paris à des Québécois des quatre coins de la Belle Province. Humour, familles et hockey au sommet de la tour Eiffel.

Que souhaiter de plus ?

Comment ma vie a-t-elle pu passer de l'ombre à la lumière en quelques mois à peine ?

Je commence enfin à comprendre intrinsèquement le pouvoir de la foi, de la piste des signes, de l'action-réaction et du lâcher-prise. Je n'ai qu'à demander pour recevoir. Merci, Jennifer.

Maintenant, je n'ai plus qu'une idée en tête : quitter la France et partir à la recherche d'Olivia. Je vais faire un Popeye de moi pour récupérer mon Olive.

Dans la fenêtre du RER qui me ramène à l'aéroport, il y a des autocollants de Flash McQueen et d'autres personnages des Bagnoles partout. Partout partout partout!!!

Sur l'un d'eux, le chiffre 7 attire mon attention. Il y a un mois à peine, j'ai fait le serment de suivre la piste des 7. Moi et ma grande gueule! Je regarde attentivement tous les auto-collants à la recherche d'un indice. *Made in Japan*. Le Japon? Décidément, l'aventure n'est pas terminée!

De wa mata, Olivia. À plus tard, Olivia. Le Japon m'attend. Je fais un 180° sur moi-même comme dans une course de Nascar et, en bon vieux Mater (Martin), je cours vers Flash.

À l'aéroport, c'est tout décidé: je pars pour le pays du Soleil levant. Tokyo, la capitale, sera ma prochaine destination. Je me rends au bureau de la compagnie aérienne pour y acheter un aller simple. Je paie sans problème avec mon nouveau butin, grâce à ma nouvelle carte de crédit, sur mon nouveau iPhone et sa nouvelle puce japonaise. Mon sac à dos? Troqué pour une nouvelle valise d'un chic français.

Emmenez-en du nouveau!

Je m'endors profondément dans l'avion comme dans un vrai lit. Quatre mois sans Jenni, deux mois et des poussières sans Oli, je peux m'endormir quasiment partout. Faut croire que j'en prends l'habitude!

LE COMMENTAIRE DU PHYSICIEN

CG cherche le bonsaï de sa vie:

Pas capable. Il n'est tout simplement pas capable de s'établir dans un quelconque train-train quotidien sans toujours scanner les signes autour de lui. Un vrai détecteur de symboles. Moi, j'essaie d'être le détecteur de mensonges.

Non seulement nous étions très performants comme guide touristique, mais nous recevions même des invitations à gauche et à droite de Québécois en vacances.

Je parie qu'Olivia nous aurait repris si la stabilité avait été au rendez-vous! En France, à Montréal, à New York, n'importe où avec une certaine fondation. En plus, cette femme était aventurière. Ne vous trompez pas, je le suis aussi. Mon âme a les mêmes origines que celle du FOU. J'aime l'aventure qui met au défi mon intellect. Mais pas au point d'en perdre toute forme de vie normale et d'équilibre.

Flash McQueen. Tu parles d'un signe. Il aurait pu l'interpréter en se rappelant que JE suis le Martin (Mater) de sa vie. Et que j'excelle dans la course à reculons.

Allez, mon vieux FOU, prends un peu de recul, calme-toi et retournons dans les bras d'Olivia!

Pas du sushi!! Pas du sashimi, une bonyenne de vie de bonsaï. Tu sais, du genre p'tit train va loin?!

CHAPITRE
- 14 -

Tokyo. Ville de robots. Les arts martiaux. Les jardins privés. La vie compacte. Les temples, le riz, les trottoirs roulants, les dames dans des maisons trop petites pour héberger grand-père, grand-mère, cousins, cousines et tous les enfants. Pas étonnant qu'on apprécie tant les bonsaïs. Le manque d'espace est flagrant. Papa au travail de quatre heures du matin à onze heures du soir. Ensuite, une courte nuit remplie de saké et de karaoké et c'est reparti pour une autre journée.

Un réflexe de touristes : je quitte l'aéroport et me dirige vers le centre-ville. Au hasard de ma promenade, je me retrouve dans le hall d'entrée d'un hôtel luxueux. Je me suis discrètement faufilé derrière un client, échappant à la vigilance du maître d'hôtel. Faut dire qu'il a l'air pas mal éméché ! Et là, je découvre LA plus belle des toilettes au monde ! La formule 1 des toilettes ! Il y a plus de boutons et de gadgets sur ce truc-là que sur le tableau de bord d'un avion. Musique, sons, vibrations, jets d'eau dignes d'un parc aquatique. On peut même choisir son siège ! Ici, pas de graffiti sur les murs ! Mais il y a sur le comptoir une boîte pleine de « pensées ». J'en pige une au hasard. C'est écrit en japonais. Je la glisse dans la poche arrière de mon pantalon sans la lire. Je sais très bien que je saurai reconnaître le moment opportun pour y trouver mon prochain indice. De plus, je trouverai bien quelqu'un pour la traduire. Je profite du confort des lieux pour me rafraîchir et faire un brin de toilette. À peine sorti de la salle de bains, je vois un homme en uniforme s'avancer vers moi. On dirait bien que mon intrusion n'est pas passée inaperçue. Un système de caméras doit filmer les allées et venues de tous ceux qui entrent à l'hôtel. Je me dirige vers la sortie sans qu'on ait besoin de me dire quoi que ce soit. Le message est clair : je ne suis pas le bienvenu. Pas besoin de parler japonais pour le comprendre !

Quelques coins de rue plus loin, j'entre dans un bar karaoké. J'imagine qu'ici, tant que je consomme un verre, on m'accueillera les bras ouverts. J'observe les gens qui chantent et qui s'amusent. Quel divertissement! Quelques sakés plus tard, je me retrouve sur scène à m'égosiller devant un public à moitié ivre. Si je sais jouer du piano et apprécier la musique, je ne sais absolument pas chanter! Je leur sers une brillante interprétation *a cappella* d'*Au clair de la lune* et suis accueilli par un silence de mort. Moi, jeune Nord-Américain prétentieux, j'espérais les amuser, mais je viens plutôt de tuer l'ambiance! Heureusement, mon taux de je-m'en-foutisme demeure très élevé et je me réfugie derrière ce rempart. Deux Japonaises osent applaudir. Je me sens soudainement moins seul. Le DJ lance un *beat* reprenant approximativement l'air de ma chansonnette. Je tape rapidement les paroles sur l'écran du karaoké. Tout le monde se met à chanter avec un accent japonais. Quelle vie de fou! À la fin de la soirée, je repense à la carte au fond de ma poche. Je la sors et la tends à l'un des serveurs au bar qui parle anglais. «Au pays du Soleil levant, on aime aussi la lune.» *Arigato!*

Je découvre les plaisirs de la vie nocturne. Ce bar devient ma seconde maison. Mon unique maison en fait, puisque la seule chambre d'hôtel que je puisse me permettre a plus les dimensions d'un cercueil que d'une pièce où vivre. Je passe mes nuits au bar, et je travaille au noir le jour. Toujours dans des endroits différents, selon les besoins. Je dors peu. Si je rêvais d'amour et d'eau fraîche, mon régime noctambule se compose plutôt de saké et de karaoké. Je sais que je ne tiendrai pas ce rythme très longtemps, alors je profite du moment présent.

Chaque soir, dans ce bar, je rêve d'une geisha qui me ferait oublier les merveilles que j'ai perdues. Le saké m'aide à oublier, mais tout est à recommencer chaque nuit. Le *last call* est passé. Je pars en me disant que l'amour ne sera pas pour ce soir.

Au coin de la rue, une femme en sanglots ramasse ce qui est tombé du sac à main qu'elle vient de se faire dérober. Elle se relève comme je m'approche d'elle. Elle semble d'abord apeurée, puis elle comprend que je ne lui veux aucun mal, au contraire. Je pose mon veston sur ses épaules frêles. Elle relève la tête et plonge son regard dans le mien. Nom de Dieu! Elle a des yeux incroyables! Ses iris sont d'un vert émeraude orné de bleu. Ma précieuse voix intérieure me souffle que j'ai peut-être, une fois de plus, trouvé la perle rare! Ne dit-on pas jamais deux sans trois? Dans un mélange d'anglais et de japonais, j'insiste pour la raccompagner chez elle. C'est la moindre des choses: elle est en état de choc. Je serai largement récompensé pour mon assistance!

LE COMMENTAIRE DU PHYSICIEN

CG devient DJ au karaoké:

Supercherie. Il est passé maître dans l'art. Moi qui tente par tous les moyens de le ridiculiser pour qu'il retrouve ses esprits, le voilà qu'il reconnaît même des signes dans les biscuits chinois.

Hey, bonhomme, c'est le Japon ici! Pas la Chine. Et n'essaie pas de lire l'avenir dans les entrailles d'un thon, stp.

Je lui insuffle donc l'idée d'aller faire rire de lui dans un karaoké japonais. Le mélange de huées et d'alcool aura tôt fait de me le ramener sur terre.

Mais non! Moi le Napoléon de la rationalité, j'ai frappé mon Waterloo sur la ballade d'*Au clair de la lune, mon ami Pierrot.* À TOKYO!! Pis, cela a fonctionné!!!

J'ignore si au pays du Soleil levant ils ont tous des commotions cérébrales à force de manger des coups de karaté ou de kung-fu, mais moi, je commence à en avoir marre.

Le mont Fuji, Hiroshima, les pandas, tout ça ne l'intéresse même pas. Ce que monsieur cherche, ce sont d'autres signes.

Je crois même qu'il ne sait pas pourquoi il cherche des indices.

Pire encore, une autre femme entre dans le décor.

Il lui porte secours et, oh! Dieu du ciel!, retombe en amour.

Il est où le saké, svp?!!

CHAPITRE
– 15 –

Sur les murs de son appartement, il y a des représentations de Bouddha, de dragons ainsi que d'étranges symboles qui ne m'évoquent rien. Il y a également des portraits d'une femme magnifique que je devine être sa mère, vu la couleur des yeux. Les yeux ne mentent jamais, du poker à l'amour, en passant par l'enquête policière. En haut à droite, les yeux fouillent les souvenirs. En haut à gauche, ils se perdent en rêveries. En bas à droite, ils fuient la vérité. Puis en bas à gauche, ils sont furtifs et conspirateurs. Mais la limpidité du regard ne provient que du cœur d'une mère.

Elle sort de la salle de bains, vêtue de bleu, une simple baguette retient sa chevelure de jais. Sur son visage tout blanc règne une belle bouche rouge carmin. Elle porte un parfum qui me rappelle Jennifer, celle qui me manque le plus. Elle me fait signe d'approcher et me revoilà amoureux. Sauf que, cette fois, je vais découvrir un amour que je ne connaissais pas encore. Celui qui donne des ailes au corps plutôt qu'au cœur.

Son corps ondule au rythme d'une danse sensuelle qui m'hypnotise. J'apprendrai plus tard que son talent est sacré. C'est une tradition presque perdue, conservée par de rares lignées de femmes. Elle m'envoûte avec la danse du dragon. Je n'ai aucun moyen de résister. C'est une véritable geisha.

J'ai un profond désir de la goûter. Je suis totalement envoûté et elle continue de faire jouer ses charmes. Je sens que ce n'est pas encore le moment de l'approcher. Il faut savoir être patient, la récompense n'en sera que plus grande. Comme dans un marathon du désir, je dois me rendre jusqu'au dernier kilomètre pour qu'elle me permette davantage que de la regarder.

Elle se dévêt. Je suis paralysé. Son énergie et sa puissance sont divines. Elle m'agrippe et je demeure figé. Je la sens dans un état second. D'un ton autoritaire, elle m'interdit tout mouvement. De toute façon, je n'arrive pas à bouger.

Je suis au sommet de l'excitation. Pourtant, je n'ai pas d'éjaculation. J'expérimente la patience, l'augmentation de la pression. Puis, à travers le souffle et le sexe de cette geisha, je ressens la plus forte montée d'énergie de toute ma jeune vie. Je jouis à répétition, mais à l'intérieur de moi. Le serpent et le dragon se dressent de bas en haut de mon temple intérieur. Des heures et des heures durant. Puis, ayant joué le rôle pour lequel elle a choisi de revenir en cette vie, la muse orientale s'endort.

À mon réveil, elle a disparu. Je ne l'ai jamais revue. Comme si le film de mon existence m'avait préparé un coup monté d'avance sous des airs d'improvisation mixte. Incroyable ce que la vie peut nous offrir quand on lui cède les commandes. Je sens une force infinie se déployer en moi. Je n'aurai désormais plus peur de rien.

Tous les soirs, je retourne chanter au karaoké. C'est devenu une habitude, une drogue douce. Il me semble que ma voix est plus puissante que jamais.

CG subjugué :

Je n'ai aucune idée de ce qui vient de nous arriver.

Cette geisha moderne m'a littéralement endormi. Elle a dû me jeter un sort. J'étais paralysé. Sa danse lascive m'a tout simplement hypnotisé au point où je n'ai aucun souvenir de ce qui s'est passé.

Au secours, mon FOU! Réveille-moi de ce cauchemar! Qu'avons-nous fait?!?!

CHAPITRE
– 16 –

Il y a maintenant un mois jour pour jour, ou plutôt nuit pour nuit, que je suis au Japon. J'ai le mal du pays et la vie nocturne m'épuise. Grâce aux petits boulots que je fais chaque jour, j'ai réussi à amasser une fois de plus un peu d'argent. Aujourd'hui, je choisirai ma prochaine destination. J'ouvre l'œil encore plus grand que d'habitude, à l'affût d'un signe du destin. Je vais déjeuner dans un bar de sushis roulant. Sur une des assiettes, sous le sashimi de thon, je lis *Made in Costa Rica*. C'est le monde à l'envers! Les Américains sont tellement accoutumés de voir des choses fabriquées en Asie. Il fallait bien que je sois à Tokyo pour tomber sur de la vaisselle faite en Amérique!

J'hésite un peu puis choisis de ne pas aller saluer les gens au bar de karaoké. Ils ont été ma famille pendant mon séjour ici, mais je préfère partir sans dire au revoir. Je suis prêt à poursuivre ma route sans me retourner et ça commence dès maintenant.

Je passe à l'hôtel pour y prendre ma valise qui contient mes quelques effets personnels, puis je me rends directement à l'aéroport. On me place en *stand-by* sur un vol aux multiples escales. Je saurai à la toute dernière minute si j'en suis ou non. Plongé dans l'incertitude et l'attente, je me mets à songer à ma vie amoureuse. *Stand-by...* L'attente me semble absurde. Pourquoi hésiter alors que j'ai le pouvoir d'agir? Je me fais la promesse de reconquérir le cœur de celle que j'ai laissée dans un détour de l'aventure. Mais j'ai encore des doutes. Dois-je arrêter ici mon chemin? Ai-je imaginé tout ça? Et ces signes qui n'en finissent plus, de la comédie mentale? Je ne sais plus.

Une agente de la compagnie aérienne vient me voir dans la salle d'attente. Cette fois, ce n'est pas un signe qui me fait opter pour l'Amérique, c'est le poids d'une alliance qui pèse trop lourd dans mon bagage à main. J'embarque!

LE COMMENTAIRE DU PHYSICIEN

Le voyage de retour en Amérique (CG) :

En interprétant à peu près le pire signe, le plus ridicule endroit pour choisir notre prochaine destination, le FOU, grâce à *Made in Costa Rica*, va nous ramener en Amérique.

ENFIN !!!

Dans tout ce chaos commence à se dessiner un peu de logique cosmique.

J'espère ici qu'Einstein, qui de toute évidence avait aussi son FOU d'hémisphère droit au cerveau, a bien réfléchi en disant que « Dieu ne joue pas aux dés ».

Forcément, l'intelligence universelle, qui fait tout fonctionner comme les aiguilles d'une horloge suisse, a tout prévu.

Nous avons, par mille et un détours, pris sans doute le chemin vers notre maison. Quelle maison ? Je ne sais pas. Mais une maison. Avec une adresse, un jardin, une tondeuse à gazon, et tous ces luxes si nécessaires à ma précieuse routine.

Je cède au *pitstop* du Costa Rica.

Une trempette dans l'océan pacifique ne peut qu'être bénéfique pour que nous soyons rayonnants de santé pour retrouver Olivia !

CHAPITRE
– 17 –

Au volant d'une Jeep, je roule à travers une végétation de plus en plus touffue. Je suis maintenant au Costa Rica. De retour en pleine jungle, mais un peu moins féroce, celle-là. On m'avait bien renseigné au village. Huit heures après mon départ, je suis déjà au pied du mont Arenal, un volcan semi-endormi.

Je me trouve à nouveau en pleine zone chamanique. Je descends de la voiture et je découvre un bain thermal sauvage, exactement à l'endroit qu'on m'avait pointé sur la carte. L'eau est chaude et remplie de minéraux. Je m'y plonge et me détends. J'ai l'impression d'avoir vécu dix vies en quatre mois. Ravigoté par cette eau de source naturelle, je me jure à nouveau de retrouver mon amour. Je suis tout à fait lucide et je dois admettre qu'à ce moment, Olivia représente la seule chose qui compte réellement à mes yeux. La seule chose essentielle à ma vie.

Soudain, un étrange personnage se pointe devant moi, me tirant de mes pensées. Il a un bâton à la main et un curieux bandeau de cuir lui ceint le front. Il me fait signe de le suivre. Il me conduit dans son village. J'ai comme l'impression d'être le premier étranger à y pénétrer. Je me sens privilégié. Mais pourquoi moi? Je ne le saurai jamais, mais j'imagine qu'en tant que guérisseur, cet homme a perçu à distance mes nombreuses plaies. Peut-être aussi une curieuse paix de l'esprit croissant dans mes viscères comme une plante intérieure. Cette paix, profonde, nourrie par un lâcher-prise plus fort que la mort.

Il m'apprend quelques mots de sa langue afin que je puisse m'intégrer dans la mesure du possible à sa communauté. *Kapi kapi, natoye, afepakien.* Bonjour, merci, au revoir. À prononcer en tapant poing fermé deux coups sur l'épaule gauche de l'autre personne. C'est à la fois rudimentaire et largement suffisant pour le moment.

Il me conduit sur la montagne. Pas n'importe quelle montagne. SA montagne! À ses gestes, je comprends qu'il est chaman et qu'il peut me guérir de tous mes tourments grâce aux plantes et à la jungle. Il me fait signe de me taire. Avant même que je n'entende le moindre craquement de branche, un jaguar surgit devant nos yeux, juste assez loin pour que je profite du spectacle sans avoir la peur de ma vie. Ici, le jaguar est un animal sacré. Majestueux !

Mon corps physique est de son côté assez amoché. Mes organes digestifs, foie, vésicule biliaire et intestins, maugréent de plus en plus. Probablement à cause des nombreuses cultures bactériologiques qui ont déambulé temporairement sous leurs auspices.

Nous poursuivons notre chemin à travers un sentier abrupt. Après quelques kilomètres de marche, nous arrivons devant un arbre tout à fait spécial. À part les quelques mots qu'il m'a appris, je ne connais pas sa langue et mon chaman parle un espagnol très limité. C'est donc plutôt avec des signes qu'il me fait comprendre que nous allons grimper dans cet arbre. Je m'étonne. Le tronc est énorme et les premières branches sont à près de vingt mètres du sol ! Nous devons atteindre ces branches pour pouvoir récolter une plante qui ressemble à une queue de singe. Cette plante contient l'ingrédient secret pour me soigner. J'ai à peine le temps de lacer mes souliers fermement que déjà mon chaman arrive au sommet. Je constate qu'il grimpe comme le font les singes-araignées. Je suis subjugué !

Je dois monter à mon tour. L'ascension est pénible, la descente périlleuse. Je ne parviens qu'au quart de la hauteur, mais l'intention y était. Nous rapportons au village la plante miraculeuse. Le chaman fait preuve de beaucoup d'attention et d'amitié à mon égard. Tous les villageois l'imitent et me reçoivent comme l'un des leurs. On décide d'organiser en soirée une grande cérémonie en mon honneur : il y aura une danse du feu.

De retour au village, je me retire dans mes humbles quartiers. Une vieille dame me rejoint sans frapper avant d'entrer. Elle ne fait ni une ni deux et se charge de ma préparation physique. Elle me dévêt, me lave puis me remet la tenue que je devrai porter lors de la cérémonie. Un bandeau, une simple tunique et un bâton. Je me laisse faire, j'aime bien qu'on s'occupe de moi de si gentille façon. Mon corps s'est placé en mode attente.

J'ignore tout de ce type de danse. Au début, un peu comme un condamné, on me fait comprendre d'un signe de bras terrifiant que je ne dois émettre aucun son. Tous ont revêtu leurs plus beaux costumes. Le chaman porte la coiffe du jaguar sacré.

Puis, le chef de la danse, vêtu du costume de guérisseur, me projette littéralement au sol. Mon visage se retrouve à quelques centimètres du feu déjà allumé, dégageant de fortes odeurs de sauge.

On cherche peut-être à m'indiquer que l'humilité est supérieure au savoir et au pouvoir.

Les cinq danseurs amorcent alors un ballet rythmique qui transforme l'atmosphère en climat de frayeur, de chasse et de conquête. J'ai la chair de poule. Va-t-on m'extirper du bas-ventre une quelconque maladie ou me verser un liquide vert, épais, extrait de la queue de singe prise plus tôt dans l'arbre démembré ? Ou encore, suis-je en train de subir un exorcisme à coups répétés de branches sur ma tête sous les hurlements des danseurs complètement ivres de leur danse effrénée ? Alors que j'ai presque perdu connaissance, on m'extirpe de ma condition sous les regards moqueurs des villageois. Non sans peine, j'avale le bouillon de canard sauvage qu'on m'a servi pour me ressaisir.

Encore sous le choc et la tête tourbillonnante, j'entends toujours le son de tam-tams bourdonner dans mes oreilles. Extrêmement nerveux, j'essaie de m'abandonner aux effets du rituel qui s'est déroulé devant moi. Je vibre jusque dans mes tripes. Je suis en train de vivre une autre initiation et je recevrai un nouveau prénom. Je commence à en avoir toute une collection ! J'ai reçu mon premier prénom de mes parents lors de mon baptême. Puis un deuxième par le maître Papouji, en Inde. Celui-ci sera donc mon troisième, que je dois maintenir secret.

Je m'endors profondément. La cérémonie de l'initiation a été d'une telle intensité que je me suis évanoui pour la seconde fois en ayant même oublié mon nom, c'est le cas de le dire !

Le lendemain matin, je décide d'aller me promener en pleine jungle pour y méditer. Même loin du monde dit civilisé, je pense encore et toujours à Oli. Mon désir de la reconquérir augmente de jour en jour. Il a trempé dans la brousse du Brésil, bouilli aux lumières de Paris, s'est intoxiqué à l'alcool du Japon et a pris des allures de félin au pied d'un volcan !

Je suis prêt à tout risquer. J'irai la chercher, qu'elle soit au paradis ou en enfer. Je n'en peux plus de vivre avec cet immense vide au creux de ma poitrine, le vide de la perte. Je ne veux ni ne peux vivre sans elles, sans Jennifer ou sans Olivia, j'en perds mon latin. De toute façon, même si on possède les plus grands pouvoirs existant sur la terre, s'il n'y a personne avec qui les partager, cela n'a aucun sens. Et que je sache, j'ai toujours mon corps physique. Olivia aussi. J'ai donc encore une chance !

Ma petite voix intérieure me rappelle un principe élémentaire de la physique : « De l'eau, c'est toujours de l'eau. À basse fréquence, elle se présente sous forme de glace. Au niveau 2, c'est du liquide. Mais au plus haut niveau, elle devient vapeur. Et la vapeur d'eau peut revenir sous n'importe quelle forme. »

La physique, la philosophie et la magie sont de très proches parents. Il fallait que je vienne jusqu'au beau milieu de la jungle pour comprendre cette grande vérité.

Un moustique s'approche et je le laisse faire. Il va sûrement s'abreuver de mon sang. Je l'observe me piquer la cuisse gauche et me sens en parfaite harmonie avec mon environnement. Le chaman m'a enseigné que, si je me laisse piquer une fois, mon sang prendra « l'odeur » de l'injection de la bestiole, repoussant du coup les acolytes de son espèce, mais cela, à la condition de lui permettre de prendre son temps et de faire tout son « travail »… Attendant religieusement le prochain signe, je réalise que mon cadran de vie tourne déjà depuis sept jours dans cet étrange lieu médicinal.

La potion verte faisait quotidiennement son effet. Une semaine après le début de l'ingestion de cette potion chamanique, mon corps se met à saigner abondamment, se vidant par le bas et par le haut, sans aucune retenue.

Quelques jours après, aussi vite que ce maître des plantes a concocté le breuvage, mes douleurs abdominales sont parties.

C'est aussi le temps pour moi de partir.

La solitude commençait à se faire sentir et je cherchais l'incontournable signe qui me mènerait à ma prochaine destination. Rester trop longtemps sur place me fige, me coupe les ailes. Je me cristallise comme un bloc de glace alors que je me veux fluide comme l'eau et léger comme sa vapeur.

De retour au village, j'aperçois le chaman, il me sourit gentiment. Je fais maintenant partie de la famille. Il comprend que je dois partir, que mon heure est venue. Il me fait jurer de ne rien révéler de son identité ni de l'emplacement du village. À peu de choses près, le clan est préservé de la vie moderne. Ils ont quand même quelques liens avec le monde «civilisé», comme en témoigne le t-shirt que porte un gamin qui court avec ses camarades derrière un ballon rond : *Bahama Mama*, peut-on lire sur le vêtement. Les Bahamas ? Pourquoi pas ! ÇA, c'est du signe à mon goût. Un signal de fumée de Nassau, sur un t-shirt dans un village vivant encore comme dans l'Antiquité.

Parfait. J'irai dans les îles, comme un archéologue de l'amour. J'irai me gorger d'énergie de l'océan et du soleil pour être prêt à revoir Olivia, la peau bien bronzée.

CG, intrigué :

Bien que cela soit ironique, ce deuxième chaman placé sur notre route par le FOU et ses mystiques signes et graffitis me fait découvrir une réalité qui a, ma foi, son poids de rationalité.

Une question logique me vient à l'idée : et si la médecine traditionnelle et les médecines alternatives n'étaient au fond qu'une seule et même chose ?

Si ce n'était pas plutôt qu'une simple question de processus d'emballage, de distribution et de marketing ?

Je réfléchis, à ma façon cette fois : la médecine traditionnelle présente des médicaments qui, pour la plupart, proviennent de plantes d'Amazonie. Ils sont présentés en gélules ou sirops en tous genres dans des emballages attirants, et recommandés par des professionnels qu'on dit affectés d'un esprit de vocation et de dizaines d'années d'études, des médecins.

Mais qu'est-ce qu'un chaman ? Une personne habillée différemment, soit, mais ayant aussi été affectée à la vocation de guérisseur, par l'usage de plantes de l'Amazonie, principalement. L'attirail commercial est moins présent. La mise en marché aussi, tout comme l'emballage et la présentation. Mais c'est au fond la même matière première et le même nombre d'années d'études.

Intrigant, très intrigant.

Le côté rationnel, cette fois, se combine au côté intuitif. D'ailleurs, ne dit-on pas que, pour mémoriser une chose, celle-ci doit être comprise ou ressentie par le cerveau droit, mon FOU, puis répétée à haute voix ou écrite par le cerveau gauche, CG, votre humble serviteur ?

S'il fallait la fusion des deux ?

À l'image des héros de la première génération et de la deuxième génération de l'incroyable livre *Fondations* du très prolifique Isaac Asimov, nous devons rallier nos forces. Si seulement tu me faisais un peu plus de place, mon précieux FOU. Nous pourrions unir nos forces. Les yogariser, pour utiliser ton langage.

CHAPITRE
– 18 –

Je vole d'un paradis terrestre à un autre. Dans la jungle, je me sentais isolé et loin du monde, et je retrouve cette même sensation d'isolement sur cette île des Bahamas. Le fait d'avoir des frontières si nettement définies me donne l'envie d'explorer chaque parcelle du territoire et d'admirer chaque endroit où la terre plonge dans la mer turquoise. Je suis à nouveau envahi par les larmes. Comment et avec qui partager tout ce que je ressens ?

Le chauffeur du taxi dans lequel je monte à l'aéroport me conduit à un hôtel qu'il me recommande chaudement, le Crystal Palace. L'endroit n'a pas le clinquant que son nom laisse présager, mais la chambre est propre, le lit douillet. C'est largement suffisant !

Ici, on conduit à gauche comme en Angleterre et je manque me faire renverser par une voiture en sortant de l'hôtel. Le coup de klaxon résonne dans toute la rue et j'ai tout juste le temps de remonter sur le trottoir pour éviter qu'un camion ne m'écrase les deux pieds. La chance ! Tous les passants se retournent vers moi. Si j'avais voulu passer inaperçu, c'est raté !

Je fais quelques pas pour me remettre de cette frousse. Je suis étonné par le nombre de casinos que je croise. Il est vrai que nous sommes dans un paradis fiscal. J'ai près de 2000 $ en poche et j'ai le goût de jouer, de prendre un risque.

J'entre dans n'importe quelle maison de jeu et m'installe devant la première machine que je croise. Je joue tout d'un coup. Les trois boules s'alignent et la machine à sous devient un véritable spectacle sons et lumières. Toutes les têtes se tournent vers moi (décidément, pour la discrétion, on repassera !) alors que j'encaisse les 5000 *Bahamian dollars* du gros lot.

Ma matinée a de quoi rendre superstitieux même les plus sceptiques : j'évite de justesse qu'un camion de marchandises me passe sur le corps et je remporte le gros lot dans la minute suivante. Quelle chance ! Quant à moi, je suis à peine surpris de tout ce qu'il m'arrive, ma bonne étoile brille toujours, c'est tout. On veille sur moi, j'en ai la certitude.

À l'hôtel, je change de chambre : j'en prends une avec vue sur la plage. Elle est plus dispendieuse, mais j'ai maintenant les moyens de profiter de la beauté du paysage. Comme je ne sais pas si je vais mourir demain, je vis chaque jour comme si c'était le dernier. Aucune réserve, aucune retenue. En transportant mon petit bagage d'une chambre à l'autre (j'aurais pu m'en charger, mais la réceptionniste a insisté pour que je profite de ce service), le valet me vante les mérites du cours de plongée sous-marine offert par l'hôtel. Il me souligne également qu'un concours de limbo a lieu ce soir au bar. Je comprends pourquoi on voulait tant qu'un valet me prête main-forte : il agit en fait comme une publicité ambulante. Pourquoi pas ? Je dis oui à toutes les activités qu'il me propose.

Je me retrouve donc, en début de soirée, à tester ma flexibilité. Tout le monde est étonné de ma souplesse. Ils ne savent pas à quel point j'étais flexible au moment où je faisais de la gymnastique. Mon plus grand concurrent est nul autre qu'un joueur de la NFL, Hershell Walker. Étonnant qu'un homme si musclé et baraqué comme lui puisse se plier autant. Je finis par l'emporter sous les applaudissements de la foule qui a eu droit à tout un duel. Bon joueur, Walker vient me serrer vigoureusement dans ses bras. Un peu plus et il m'étoufferait et me briserait le dos !

Le lendemain matin, très tôt, je suis dans la piscine pour commencer ma formation de plongée. En trois jours, je deviendrai plongeur certifié. L'entraînement est exigeant, mais je me promets d'aller jusqu'au bout. Dans l'après-midi, j'erre seul dans les rues et lézarde sur la plage. Je comprends alors que le pire ennemi n'est pas la solitude mais l'ennui.

Au troisième matin de formation, je dois plonger à quinze mètres sous l'eau puis retirer ensuite mon équipement. Je dois absolument réussir ce test pour obtenir la certification. Si je panique, je risque de mourir. En réalité, en cas de panique, mon instructrice me viendra aussitôt en aide. Mais j'aime mieux imaginer cette situation extrême pour me convaincre de réussir le test. Je ne me laisse pas le choix.

Je m'exécute donc et retire tout mon équipement. Lorsqu'on me fait signe que je peux maintenant le remettre, je suis déjà en transe. Je n'ai qu'une seule pensée en tête : mon premier amour, Jennifer, et j'accueille la perspective de la mort avec sérénité. Mais l'instructrice est paniquée, malgré ses vingt ans de métier. Mon calme devant l'idée de mourir a dû la déstabiliser. Elle doit être davantage habituée à gérer des situations de stress et d'angoisse. Elle doit croire que j'ai perdu connaissance tant je suis détendu. Je m'imagine dans l'utérus de ma mère-nature et suis plus en paix que jamais. Comment pourrais-je craindre ma propre mère ?

L'instructrice me remet elle-même mon masque. J'inverse la tête pour le vider. Pour elle, je décide de coopérer. Je veux que tout se passe bien. Je ne peux pas mourir en pensant que quelqu'un aura le poids de ma mort sur la conscience.

Un dauphin se dirige vers nous. C'est féerique. Puis, j'assiste au plus beau spectacle de poissons colorés qu'il m'ait été donné de voir. Soudain, un requin traverse ce banc de poissons. Il s'approche de nous et je suis certain qu'il nous fait un clin d'œil. Je n'ai pas peur. Aucun animal n'est fondamentalement méchant. La méchanceté appartient à l'homme. Ce requin ne sent aucune agressivité, aucune peur chez moi. Je dégage une paix intérieure et il ne se sent pas menacé.

Nous remontons dans le bateau. Je demeure dans un état second. J'ai l'impression d'avoir fait un voyage inusité dans les profondeurs marines.

Maintenant que je suis allé au fond des choses, que j'ai plongé au plus loin à l'intérieur de moi, je connais ma prochaine destination. La seule qui donne un sens au voyage terrestre devant moi. Elle. Olivia.

Seul dans ma chambre, vue imprenable sur le ciel, je décroche le téléphone.

J'entends Olivia au bout du fil et je ne lui laisse pas une seconde :

— Chérie, je ne passerai pas ma vie sans toi. J'ai déjà tout raté une fois et il n'est pas question que je te laisse filer. Rejoins-moi dans deux jours au Stratosphere, à Las Vegas. C'est moi qui paye tout, pas ton père. Si tu ne viens pas, je comprendrai.

Je m'apprête à raccrocher, puis je me ravise.

— Non, honnêtement, si tu ne viens pas, je ne comprendrai pas.

Je raccroche. J'ai trop peur d'un refus. Depuis bientôt quatre mois, je parcours la terre sans ma nouvelle compagne de vie, de sphère en sphère. La généreuse machine à sous qui m'a quelques jours plus tôt servi de banquier de fortune arborait les logos de la ville de Las Vegas. Un cowboy au bras mobile, le grand canyon, les danseuses « seins et plumes », la totale !

Mon petit trésor en poche, en retournant à ma chambre, j'ai croisé un couple s'adonnant à la répétition générale de leur mariage.

Les quelques jours de plongée n'ont fait par la suite que renforcer mon désir d'une vie à deux. Je vais me marier. Ma mise s'arrête sur Oli. Oui, j'en suis sûr : je vais me marier ! Elvis ou non…

CG, complètement mélangé !

Bon sang qu'il bouge vite. Un vrai Lucky Luke des signes et des gestes spontanés.

Mais qu'est-ce que cette histoire de Nassau, de Crystal Palace et de machine à sous ? N'as-tu pas déjà gaspillé assez de temps et d'argent dans tes aventures sans fondements ?

N'as-tu pas compris que l'univers te donne la chance de retrouver Olivia avec un peu d'argent en poche ?

Ne saisis-tu pas que le temps ne respecte pas ce que l'on fait sans lui ? Je sais, tu aimes la phrase : « Demandez et vous recevrez », extraite de la Bible. Mais dans ton cas, tu agis comme si le Christ avait dit : « Demandez et recevez. »

Je te rappelle, le FOU, que le mot « recevoir » est conjugué au futur.

You-ou, CG ! Je vais te répondre, cette fois. Le temps, je m'en fiche. Contrairement à toi, le rationeux, je me fiche des règles établies ET du temps. Je vis comme si c'était notre dernière journée. Et comme j'ai le gros bout du bâton avec notre esprit, tu ferais mieux d'apprécier la folie un peu plus au lieu de te perdre dans tes raisonnements échevelés. Parce qu'il faut perdre son esprit pour retrouver ses sens.

Dans ton cas, mon CG à moi, si tu perds un peu la raison, tu retrouveras un sens à tout ça.

ET tiens-toi droit. Nous allons nous marier sous peu, avec Elvis comme célébrant.

Mets-ça dans ta pipe et cesse d'en faire tout un… tabac !

CHAPITRE
- 19 -

Autre embarquement, autre vol, autre atterrissage. La ville du plaisir et du péché est à ma porte. J'ai l'étrange certitude que j'y trouverai le calme et l'équilibre. Complètement paradoxal. Comme si toute cette agitation autour de moi pourrait m'aider à me recentrer sur les vraies valeurs.

Je passe aux toilettes avant de sortir de l'aéroport. Quelque chose me dit que cette inscription a été griffonnée par un touriste qui avait compris de grandes vérités dans ce désert : « À force de penser à l'argent, on perd sa vie. L'argent adore qu'on le désire. Si vous cessez de le poursuivre, c'est lui qui vous courra après. »

Vegas est un terme d'origine espagnole qui désigne une vallée ou un champ fertile. Je sais que j'arrive à mon ultime destination. Je réalise, devant l'une de ces églises improvisées où se tiennent des cérémonies de mariage plus hurluberlues les unes que les autres, que j'ai trouvé en Olivia la réincarnation de mon amour éternel, Jenni.

J'ai loué une chambre ordinaire au Stratosphere. Il me faudra jouer (et gagner) pour pouvoir la payer et gâter ma presque promise. Je deviens excessif dans ma confiance absolue en ma bonne étoile. Je pousse ma chance le plus loin possible. Ça passe ou ça casse.

J'ai misé tout mon amour sur Olivia comme je miserai bientôt mes derniers billets dans ce paradis du jeu.

Afin de parer à toute éventualité, je prends quelques jours pour visiter les incontournables de l'endroit, comme si je sentais le besoin de préparer mon esprit de célibataire à plonger dans une union sacrée.

Deux jours de pèlerinage au lac Mead, superbe réservoir d'eau créé artificiellement par le gigantesque barrage hydro-électrique Hoover Dam, trônant fièrement entre le Nevada et l'Arizona ; de Harley Davidson, cheveux au vent, dans le désert ; de shows extravagants ; de buffets incommensurables ;

d'hélicoptère au-dessus du Grand Canyon ; bref, la parfaite petite tournée de Vegas.

Pas encore joué un seul sou.

Je m'y prépare. Mentalement, physiquement, humainement.

Je cherche le signe ultime pour cet énorme pas dans la direction du mariage. Je cherche un vrai gros lot qui confirmera *sine qua non* que mon aventure vaut le coût. Que l'enjeu est réel. Que je n'ai pas tout inventé dans un esprit fourbu par la mort de sa bien-aimée.

Plus que 24 heures devant moi, avant l'arrivée incertaine d'Olivia. Je cherche le jeu qui couronnera de succès ma quête de signe.

Pire encore, je veux, J'EXIGE un signe sous forme de graffiti ou d'écritures.

Je marche sur la fameuse Strip, entre les jets d'eau, la tour Eiffel et les bateaux pirates. Puis, un petit magasin de tatouage. « Pourquoi pas. Je cherche un signe écrit, après tout ! » Je parle si fort qu'un passant me dévisage en haussant les épaules.

J'entre dans l'enceinte des couleurs et des aiguilles. Partout sur les murs, des photographies de vedettes présentant au monde leur nouveau chef-d'œuvre imprimé dans tous les endroits imaginables.

Comme je veux un signe, je fonce directement sur celui qui m'apparaît responsable du commerce et lui demande : « *Sir, which tattoo would be good on me and where ?* » (Quel tatouage m'irait le mieux et à quel endroit ?)

Il me scanne de haut en bas, de long en large. Me fait tournoyer sur moi-même, me pencher. Je me sens comme un mannequin défraîchi qu'on met à l'épreuve.

Puis, il me dit, d'une voix ferme : « *Left shoulder, red skull. With dices for eyes.* » En français, un crâne rouge aux yeux en dés, sur l'épaule gauche.

J'accepte.

Trois heures plus tard, je suis un vrai homme. J'éclate de rire. Moi, élève modèle, tatoué d'un crâne à Las Vegas ! Mes parents feraient une syncope !!!

J'ai mon signe. Je jouerai donc au plus vieux jeu du monde. Le craps. Les dés. Les pires statistiques. Pfffff. J'ai un crâne !! Ça marchera.

J'essaie de me convaincre que plus le risque est grand, plus le bénéfice est élevé. Après tout, depuis quatre mois, je joue avec les dés de ma vie. Pourquoi pas ici, dans la Mecque du gambling ?!

J'entre dans le premier casino que je croise. Rien ne va m'arrêter. Je joue pour le cœur d'Olivia. Pas le pique, ni le trèfle, ni le carreau : le cœur !

Je trouve une table déjà très occupée et je m'installe à l'extrémité gauche, fidèle à la position de mon tatouage.

J'observe les joueurs. Je n'y comprends pas grand-chose mais découvre rapidement que chacun se voit donner une paire de dés, et qu'il doit lancer au premier jet un total de 7 ou 11. Sinon, c'est le craps.

Quelques joueurs d'expérience ne se gênent pas pour crier à leurs amis d'approcher de la table, car il y a un *virgin player*. Un joueur vierge. Visiblement, je n'ai pu cacher le fait que je suis un parfait amateur dans ce rituel du hasard.

Comme la ville entière vibre au rythme des superstitions, un joueur vierge, c'est une perle rare ! Un colporteur de la fameuse chance du débutant !

La table déborde. Les trois croupiers ont peine à faire le décompte et à superviser les nombreuses mains qui lancent les billets sur la variété d'options de la table.

La tension est à son comble. Tant pis. Parfait. *Let's go*. Ce sera 7 ou de la merde. Je suis *all in*!!! Je mise 777 $ sur le *Come*, ce qui veut dire le 7 ou le 11. Je pousse les signes à l'extrême. Je regarde la montre de mon voisin de jeu. Je choisis les dés, puis j'attends quelques secondes.

Ça y est. Il est 11 h 11 ! Je ferme les yeux, vois dans mon esprit les yeux de Jennifer, puis ceux d'Olivia.

Je lance tout en maintenant mes yeux solidement clos.

BANG. Tout le monde crie.

SEVEN A WINNER !!!!

En un roulement de dés, je double ma mise. La table se remplit de nouveaux joueurs superstitieux. « *The virgin is on a roll!* » Un riche Texan me souffle que je suis sa main chanceuse. Il sort 10 000 $ et me demande de le faire gagner. Il place son jeton sur le 4. Puis renchérit par une foule de combinaisons qui me font perdre le fil de sa stratégie.

Je tremble. Je tremble à tel point que je n'ose plus miser moi-même. Mais je n'ai pas le choix. Je dois miser ou me faire arracher cette fameuse main devenue subitement LE symbole de la chance autour de la table. Je place un maigre 100 $, symboliquement. Je suis en sueur. Je lance les dés et vois une paire de 2 resplendir de tous ses feux. Mon cowboy ne se peut plus. Il empoche ce que j'estime à 100 000 $!!!

Moi, je n'ai plus qu'une envie : quitter cette table avant que le vent tourne. Il faut savoir s'arrêter. Je m'extirpe finalement du jeu cinq lancers plus tard. Ma *run* est finie. Ouf !

Je me lève et ramasse mes jetons.

Le Texan s'approche de moi. Il me toise et sourit, moustache au paradis.

Sans parler, il prend ma main et y enfonce 10 000 $!!! Un dixième de ses gains. Je crois rêver. J'apprendrai plus tard qu'on appelle ça le pourboire de la chance. Obligatoire si on veut qu'elle ne nous quitte pas.

Un pourboire de 10 000$. Je suis devenu *boss boy* de luxe !

Je me mets à pleurer et lui à rire. Les gens s'attroupent autour de nous et applaudissent ce geste inusité de générosité. L'homme, plus sage qu'il en a l'air, dit tout haut :

— Vous croyez que j'ai 10 % moins d'argent dans mes poches. Eh bien, sachez que sans ce garçon, je n'aurais rien du tout.

Je reçois, gracieuseté du casino, la suite royale. C'est que le Texan figure parmi les High Rollers de la place. J'ai maintenant 14 000 $ en poche et la plus belle chambre que je pouvais m'imaginer.

Je monte fièrement au dernier étage de l'hôtel, paye le porteur de bagages pour qu'il aille chercher mes biens dans la petite chambre où j'ai séjourné les deux nuitées précédentes.

Je suis une star avec mon tatouage et mon champagne, vue sur Vegas, Baby !! Je me perds dans un punch d'émotions. « *Champagne, Sir!!!* »

Le bain de mousse coule déjà.

Une fois que je suis dans l'eau, l'euphorie s'estompe peu à peu et fait place à une subtile mélancolie : une suite royale sans sa reine, c'est comme un désert sans oasis. J'attends quelques heures. Le vol qu'elle aurait dû prendre est arrivé depuis longtemps et toujours pas de nouvelles d'elle. J'appelle pour la énième fois sur son téléphone portable pour demander si une jeune femme n'a pas laissé de message pour moi. Rien.

Les gérants du casino tentent tout pour récupérer mes gains de la veille : billets de spectacle, escorte, tour de limo... je n'ai pas le cœur à la fête. J'ai donné un ultimatum à notre relation, mais je refuse d'accepter qu'Olivia ne soit pas venue au rendez-vous. C'est peut-être de l'acharnement. Advienne que pourra.

La ville perd ses charmes à mon réveil.

Les lumières font place aux ordures et aux itinérants du matin.

Pourtant, je devais me marier ! J'ai reçu les signes. Tous les signes.

Pourquoi ? Pourquoi dois-je encore attendre quelqu'un d'autre ?

Je passe en revue mes décisions. J'ai suivi les signes, j'ai osé bouger, j'ai pris les risques, j'ai travaillé, j'ai ouvert mon cœur, j'ai osé. Quel ingrédient me manque-t-il ?

J'ai fait les quatre coins de la planète et toujours pas de partenaire de vie !!

Je me rappelle alors New York. La première destination de mon parcours, presque deux saisons plus tôt.

Grand-papa réapparaît dans ma tête, avec la phrase qui aura marqué la carte de toute ma vie : « Pierrot, si tu ne sais plus où aller, suis le chemin de la beauté. »

Si je dois me marier, j'en déduis que je dois le faire au plus bel endroit du monde pour moi.

Je comprends instantanément l'ingrédient manquant à mon potage du bonheur.

Je dois me marier dans la plus belle ville du monde à mes yeux : Québec.

J'abandonne ma suite royale qui me semble de toute façon étrangement vide et tape-à-l'œil. Je me rends à l'aéroport et me mets sur la liste d'attente pour le prochain vol vers Québec. J'espère qu'une place va se libérer parce que, tout d'un coup, je ne supporte plus d'être dans un aéroport. C'est vraiment le moment de rentrer !

Dans les toilettes d'un centre commercial, je me dis qu'un dernier graffiti bouclera la boucle d'une aventure rocambolesque. À ma grande surprise, il n'y a rien du tout ! Pas la moindre inscription. Même pas un simple bonhomme sourire, pas de prénom gravé ou de fier « *I was here* » avec une date en dessous...

J'en déduis qu'on repart toujours de Las Vegas... les mains vides !

CG se fait justice :

Bien fait pour toi.

Tu es peut-être chanceux au jeu, mais Olivia ne s'est pas présentée. À quoi bon tes signes maintenant ! Tu vois bien que tout ça n'a rien donné !!

Tu vois bien qu'elle t'a clairement et intelligemment pointé la marche à suivre. Tu n'avais pas besoin de signes ni de graffitis bizarres pour ça. Seulement de suivre le signe de sa main.

Soit, c'est un signe. Mais un vrai, celui-là. Qui ne demandait pas d'interprétation.

Même à l'aéroport, les poches pleines, tes murs des toilettes t'ont déserté. Pas de signes. Pas d'écriteaux. Pas de coïncidences fortuites.

Écoute-moi, le FOU, pour une fois.

Travaillons ensemble, toi et ton intuition, moi et ma raison.

Notre équipe peut encore réussir la vie avec Olivia.

Nous n'avons pas, non, nous ne devons pas revivre un autre drame conjugal dans notre vie. C'est notre cœur qui n'y survivrait pas.

Rentrons chez nous.

Appelle Olivia.

D'accord pour le mariage. Mais dans le respect de nos traditions. C'est un sacrement.

Respecte tes origines, NOS origines.

Tous les sacrements devraient avoir lieu sur la terre de nos ancêtres. Mariage et extrême-onction inclus. Nous ne sommes pas rendus à celui-là. Mais nous devons réussir celui-ci. Jusqu'à présent, toi et moi avons bien réussi les précédents. Nous y parviendrons, sur les ailes d'un ange. Nous y parviendrons, à Québec!

CHAPITRE
– 20 –

À mon grand soulagement, j'ai pu prendre le prochain vol. Nous sommes samedi. Le jour de Saturne et ses anneaux. J'y vois un bon présage. Je sombre doucement dans le sommeil et mon esprit vagabonde. Je pense à l'amour auquel je crois de plus en plus. Dans le mot « amour », il y a le mot « âme ». La seule façon de la sauver est d'aimer sans condition. Aimer, peu importe l'écho que l'autre nous renvoie. Il faut changer sa façon de réagir pour trouver une meilleure façon d'agir.

Dès que l'avion se pose, j'appelle celle que j'ai l'intention d'épouser et lui explique que je n'abandonnerai jamais. Je l'attends à Québec, je ne bouge plus. Qu'Olivia me rejoigne quand elle sera prête. Ça prendra le temps qu'il faut. Je lui laisse l'adresse où je serai et lui dis que la porte est toujours ouverte.

Je n'aurai pas à patienter trop longtemps ! Dès la semaine suivante, je la vois apparaître, plus radieuse que jamais. Je suis sans mot. Enfin un conte de fées qui se termine à la manière de *Cendrillon*.

Sans humilité déplacée, je me dis que je l'ai bien mérité. Que, contrairement à monsieur et madame Tout-le-Monde, j'ai foncé, même après avoir chuté au plus profond de l'abîme émotif.

J'ai tout risqué. J'ai appliqué à la lettre les principes de la foi et de la science simultanément.

Pourquoi ne recevrais-je pas une récompense ?

Olivia est là. Enfin. Une oasis.

Elle a fait la paix avec son passé, à sa façon. Elle est tout aussi radieuse que dans le studio de New York.

Sans plus de cérémonie, je place un genou au sol et lui présente la bague qui a certainement parcouru le plus de kilomètres au monde pour orner son doigt !

Nous préparons rapidement la cérémonie qui doit avoir lieu dans l'une des plus belles chapelles que j'aie vues de ma vie. Mes parents sont extatiques. Je crois que de me voir au bercail, amoureux et prêt à planter quelques racines dans la terre de mes ancêtres les rassure.

Le papa et quelques amis de ma future femme débarquent dans la capitale nationale pour partager ce moment de grand bonheur avec nous.

Le grand jour arrive enfin, après une infinité d'instantanéités.

Nous passons la matinée ensemble, elle et moi, histoire de nous rapprocher encore plus avant d'échanger nos vœux.

Nous faisons un tour de calèche dans le Vieux-Québec et échangeons nos derniers baisers de célibataires.

À peine une heure avant la cérémonie, le cardinal lui-même passe me voir chez moi. Un privilège précieux pour un ancien séminariste, demeuré fidèle à tous ses maîtres spirituels.

Il s'approche de moi, pose ses mains sur mes épaules et me chuchote respectueusement et solennellement quelques secrets bien gardés :

— Chaque sacrement est un transfert de dettes. Un transfert de péchés. Votre prêtre prendra sur lui, au moment de la bénédiction, votre lourd passé à tous les deux. Il devra prendre sur lui votre calvaire et vivre en votre nom avec ce nouveau poids.

Au risque d'avoir l'air prétentieux devant cette autorité spirituelle, j'objecte :

— Maître, je suis prêt à ce qu'on prenne mes dettes. Mais en prenant cette femme pour épouse, je la prends tout entière. C'est à moi que revient le privilège de prendre les siennes.

Sur ce, il dévoile le plus merveilleux des sourires et me dit :

— Mon fils, tu as enfin compris le vrai sens de la vie, de la prière et du message du Christ. Tout un chacun a le devoir de prendre sur ses épaules le fardeau d'autrui lorsqu'il a le privilège d'avoir reçu sa confiance totale. En symbole du don de soi que tu t'apprêtes à faire, au moment du baiser, touche d'abord le front de ta dame, puis, en toute liberté, absorbe son expiration. Absorbe son passé, ses péchés, ses dettes. Accepte tout. C'est ça, l'Amour.

Je m'agenouille à ses pieds. Il me dit de me relever, me prend dans ses bras et m'embrasse sur le front. Je crois sincèrement qu'il vient lui-même de m'offrir son pardon. Il s'en va, mais sa présence demeure longtemps palpable.

Pendant que j'enfile un habit de circonstance pour la noce, j'ai une pensée pour ma mère et mon père. Sans l'amour qu'ils m'ont donné, je ne serais rien.

Je me regarde dans la glace et fais les derniers ajustements. Un oiseau se perche sur le rebord de ma fenêtre. C'est un cardinal. Deux cardinaux la même journée!! Incroyable! Un oiseau de bon augure. Une fois de plus, une *foi* de plus, je m'abandonne à la vie. Je m'abandonne à celle qui représente la réincarnation de mon premier amour. À celle que je dois maintenant épouser.

2e PARTIE

DE RETOUR AU MUR DES TOILETTES

Une quinzaine d'années plus tard...

CHAPITRE
– 21 –

«Nicolas, Isabelle! Venez déjeuner!!» Dimanche matin typique à Stadaconé, c'est-à-dire Québec.

Je suis affecté d'office aux crêpes dominicales. C'est que j'ai encore fraîchement en mémoire la recette de maman, décédée quelques années plus tôt de la cruelle maladie de Lou Gehrig: une tasse de lait, un œuf, une tasse de farine, une pincée de poudre à pâte, de la cassonade, du sel et un mouvement de poignet digne des plus grands joueurs de ping-pong, question de faire tournoyer dans les airs mes soucoupes volantes grillées, sous l'admiration de ma petite de 6 ans. Nicolas, 9 ans, tente d'imiter son papa.

En regardant les crêpes virevolter entre plafond et plancher de la cuisine, ce temple des réunions de famille, je suis nostalgique. Ma propre mère me manque. C'est l'heure de remettre un peu de touche maternelle dans ma cuisine.

Aussitôt dit, aussitôt fait: Nana Mouskouri arrive en renfort avec une des chansons préférées de maman, *Quand tu chantes*.

Cette chanteuse née en 1934 à Chania, Crète, en Grèce me rappelle mes études du secondaire. Que j'avais aimé l'école! L'apprentissage, les amis, la rigueur, la variété, les performances sportives. Wow, quel paradis!

En tout cas, mieux que là où je me trouve maintenant.

Ma mère m'avait poussé dans toutes les disciplines, du piano au plongeon, passant par le patinage artistique jusqu'aux championnats de tennis. Elle voulait que je me dépasse sans arrêt.

Et pour l'instant, loin de Zeus, Poséidon, Hadès et le Parthénon du succès, Chronos me filait entre les doigts pendant que mon épouse ne voulait pas que je dépasse les limites de la cuisine avec mes acrobaties culinaires, question de ne pas laisser quelques gouttelettes de mélange à crêpe finir leur course sur un plancher à saveur de terrain de jeu pour la langue de notre chihuahua.

La table mise, Olivia fait son entrée dans la cuisine, à demi endormie.

Pendant que je termine les préparatifs en m'essuyant les mains sur mon tablier, je ne peux m'empêcher alors de réfléchir sur mon passé d'aspirant à la prêtrise, lorsque j'avais 16 ans. Un peu comme si la religieuse préparation de nourriture pour ma famille chaque dimanche avait remplacé la communion d'âme et d'esprit de l'église de mon enfance. La chorale de la messe de minuit, la pastorale, les classes, jeunes hommes seulement, l'espionnage de l'école des filles des Ursulines à quelques centaines de mètres des portes du Séminaire de Québec, que j'étais loin de toute cette vie trépidante !

Et tout ça pour quoi ? ? Empilant les crêpes dans les assiettes de mes propres enfants, je regarde distraitement le calendrier pendouillant sur le frigidaire.

Mes semaines sont jonchées de clients, à qui je donne des conseils stratégiques pour la croissance de leur vie et de leur entreprise, d'heures passées à conduire les enfants à leurs activités de hockey, de patinage artistique et de trampoline, de quelques séances de course à pied, le tout aboutissant immanquablement au vendredi soir, assis sur le divan à fuir mon quotidien devant le film de la semaine.

Je suis devenu un citoyen responsable, organisé, respecté et respectueux.

Pourtant, je me rappelle chaque soir mes six mois d'aventurier, de citoyen du monde, en quête d'amour et de liberté.

Jennifer hante ma mémoire. Elle occupe mes rêves. L'amertume d'une vie monotone me tire chaque matin du lit.

Ce refrain sempiternel d'une vie de retours de marmotte me laisse croire qu'au fond je n'ai jamais quitté cette salle de toilettes où, quinze ans plus tôt, j'ai cherché à m'enlever la vie pour rejoindre Jennifer.

Non. J'y suis toujours. Sauf que le suicide ici et maintenant se fait au compte-gouttes. Je mourrai cette fois à mon insu. Le bulletin de nouvelles télévisé comblant nos oreilles de regrets sociaux pendant le petit-déjeuner me rappelle que la pensée du suicide conduit à de grandes découvertes. L'acte du suicide tient de l'incapacité à partir à la conquête de celles-ci.

Je cherche désespérément un moyen de retrouver cette soif de vivre qui m'a conduit jusqu'ici. J'ai l'impression de passer à côté de ma vie, et ce, même si je me conforme en tous points aux exigences de la société moderne. Portefeuille équilibré, agenda, *to-do list*, budget et régime enregistré d'épargne-retraite (REER), tout y est à sa place.

Ma vie est devenue le symbole de la victoire des dictons enfournés dans le cerveau trop fertile d'un enfant n'ayant pas suffisamment écouté de Pink Floyd.

Dans la vie, il faut des portes de sortie, des portefeuilles équilibrés, des plans, des économies, des assurances, travailler fort, petit train va loin, un tien vaut mieux que deux tu l'auras, tout vient à point à qui sait attendre, qui sème le vent récolte la tempête, et gna gna gna gna gna.

Je suis littéralement sur le point de grogner à haute voix!! Mes REER commencent rapidement à se métamorphoser en régimes enregistrés d'épargne-REGRETS!!

Je quitte la table, je ferme le téléviseur et je marche rapidement jusqu'au temple des rois déchus: les toilettes.

Et pourtant…

Un magazine errant dans la salle de bain de la chambre des maîtres me plonge dans une inévitable réflexion. Le titre de la page couverture: «La crise de la quarantaine, ça se règle!» Tant qu'à me retrouver dans mon purgatoire favori de réflexions, je me prête comme avant au jeu des signes et des coïncidences. Le muscle est atrophié, mais, comme faire de la bicyclette, ça revient vite.

C'est comme si je n'avais jamais cessé de jouer!

L'espace d'un mouvement intestinal, et me revoilà à 300 kilomètres-heure au volant de mes dendrites, synapses et axones, véritables bolides Nascar au 500 miles de mon Indianapolis cervical, en quête de nouveaux signes pour redémarrer ma vie de merde! Auteur à mes heures, j'avais déjà noté quelques faits concernant justement la présence du fumier dans toutes les cultures de légumes.

Je me mets subitement à rigoler. Ma vie d'ange manque de petites cornes. Moi qui suis depuis quinze ans dans un état semi-végétatif, j'ai besoin d'un peu de merde dans ma vie, question de me faire pousser hors de moi-même !

«Assis sur l'éternel trône, toujours un petit sourire diabolique en coin, je réfléchis. À quarante ans, on se remet en question. Cela nous permet de trouver de nouvelles réponses. Ce ne sont pas les réponses qu'il faut chercher, ce sont des questions !» Je n'ai pas encore atteint ma quatrième décennie, mais j'applique ce que je lis à ma situation morose.

Et si je n'avais pas encore trouvé mon vrai rôle sur terre ? Si j'étais né pour quelque chose de plus grand ? Et si je n'étais pas fait pour un moule traditionnel de couches, bisous, colle-colle et implacable routine ?

Après tout, j'ai toujours aimé vivre la pédale au plancher.

Ma prison de sédentaire est soudainement menacée. Je me sens de plus en plus comme un aventurier prisonnier dans une tour d'ivoire.

L'avant-veille, le vin a coulé à flots et fait son effet. Étrangement, l'ivresse m'a donné une certaine lucidité. Je me suis retrouvé couché dans l'herbe aux abords d'une autoroute. J'ai regardé le ciel et me suis senti perdu. Perdu dans les étoiles, perdu dans l'immensité de l'univers. Je suis demeuré à cet endroit, étendu par terre, toute la nuit, jusqu'à ce que la rosée matinale me refroidisse les esprits.

J'ai réalisé qu'en fait je suis en pleine noirceur. J'ai épousé «ma nouvelle flamme» (c'est le surnom que je lui donne, puisque la femme de ma vie, la première, la vraie, est morte tragiquement), j'ai un travail digne de mention et nous avons deux enfants extraordinaires. Je sais, tous les parents disent cela à propos de leurs enfants. Leur fierté les rend aveugles. Mais moi, c'est vrai ! Ils me font rougir tellement leurs talents dépassent les miens. C'est comme une Porsche dépassant un vélo. J'en tire beaucoup de fierté. Après tout, les talents se transmettent de génération en génération, et ma femme et moi avons sans doute un certain mérite.

Mais il me manque quelque chose. Quelque chose d'essentiel que je n'arrive pas à identifier. Que peut-on vouloir quand on a tout ? Je me souviens de la promesse que je m'étais faite alors que je traversais l'épreuve la plus pénible de ma vie, celle que je traverse encore chaque jour : la perte de cette femme que je regrette à chaque minute de mon existence. J'étais encore étudiant lorsque le drame s'est produit, et plutôt que d'en finir avec la vie, je me suis promis de la vivre pleinement. Or, depuis quinze ans, j'ai érigé une muraille de routines et d'habitudes autour de moi. Elle est si haute que je ne peux plus voir par-dessus ce mur. Je panique, car je suis encerclé et piégé par mes propres constructions.

Je me rappelle avec précision cette promesse que je me suis faite. Je me souviens également de mon sentiment quand j'ai lu ces mots sur le mur des toilettes : « Quand tu as tout perdu, tu n'as plus rien à perdre. Les gagnants n'ont justement rien à perdre, sauf leur temps. » Je veux renouer avec ma capacité à faire confiance à la vie, à suivre les signes qu'on sème sur mon parcours. Les dieux grecs avaient raison : ce n'est pas la course à l'argent qui compte, c'est l'emprisonnement du Titan Chronos et la course contre la montre. L'argent, lui, il adore jouer à la tag. Plus vous cherchez à vous en sauver, plus il courra après vous.

Comme Archimède dans son bain, je trouve mon Euréka. Moi aussi, je découvrirai quelque chose du genre « tout corps plongé dans l'eau reçoit une poussée égale au poids du volume d'eau déplacé ».

Tirant la chasse de la cuvette, j'en déplaçais, de l'eau. Je ne me doutais pas à ce moment-là à quel point j'allais recevoir toute une nouvelle poussée...

Je quitte la salle de bain et décide de marcher jusqu'à la bibliothèque du quartier. J'ai envie de voir des livres de photos de différents pays. Dimanche matin oblige, je fais un détour par l'église et m'agenouille pour une brève prière. À ma sortie du lieu saint, je m'asperge de quelques gouttes d'eau bénite. Ainsi, tout ce qui m'arrivera aujourd'hui sera béni.

Écouteurs dans les oreilles, le groupe Harmonium chante à la radio : « Où est allé tout ce monde qui avait quelque chose à raconter ? »

J'entre dans la bibliothèque. Je retrouve à nouveau, après quinze ans de surdité sociale, ma capacité à entendre les signes qui me sont envoyés. J'ai le désir de m'abandonner entre les mains de la vie plutôt que de me faire dicter ma conduite par les REER, l'argent, les calculs de toutes sortes et toutes les autres obligations. Je ferme les yeux, prends une grande respiration et choisis au hasard une direction. Entre deux rayons, un commis échappe involontairement un bouquin. Je viens sans aucun doute de trouver le signe recherché. Je lui demande aussitôt de ne pas le ramasser en lui lançant une boutade :

— Ce livre me permettra peut-être d'en perdre quelques-unes, dis-je en me penchant. Mon tour de taille a de son côté vécu plus de croissance que ma vision depuis quelques années.

Je découvre, sans trop y croire encore, le titre du livre qui va me permettre d'entamer ma renaissance : *Les chemins du Bouddha*.

Comme je n'ai pas l'intention de me taper les quatre cents pages du bouquin, je me contenterai de quelques paragraphes.

Je ferme les yeux et ouvre le livre au hasard : « Tu ne peux à la fois changer le monde et vivre dans le tien. Tu dois choisir. J'ai eu à faire ce choix. J'ai longtemps pleuré l'ennui de ma femme, mon royaume et mon jeune fils. Mais j'ai choisi de transformer toute cette planète où beaucoup trop de femmes et d'enfants souffrent. J'ai choisi d'atteindre le Nirvana. Au moins, mon fils a la chance d'avoir en lui-même le sang de maman et de papa. J'ai fait un choix. À ton tour. »

Quand j'ai quitté la maison, ce matin, je ne savais pas où la vie me mènerait, mais j'avais décidé de quitter la prison du quotidien. D'instinct, sans doute inspiré par ma voix intérieure, j'ai enfilé le manteau que je porte pour aller travailler. Je reviens d'un voyage d'affaires et mon passeport s'y trouve encore, dans la poche intérieure. S'y trouvent également quelques milliers de dollars américains.

Certains diront que c'est lâche de tout quitter, d'autres trouveront mon geste courageux. Mais pour moi, en ce moment, c'est une question de vie ou de mort. Je ne peux pas faire autrement. Si je reste une journée de plus à moisir ici, je pourrirai. Mes enfants comprendront plus tard qu'ils ont le choix entre un père un peu moins présent physiquement mais heureux et un père six pieds sous terre.

Me revoilà parti pour une longue aventure, sur un simple coup de tête, comme quinze ans plus tôt. Seule différence : je suis plus vieux et plus hésitant. Et surtout, je me suis embourbé, entre-temps, dans le confort et je me suis laissé gagner par la peur de l'inconnu et du vide. La nature a horreur du vide et je ne vais pas tarder à remplir celui que je suis en train de creuser en quittant ma famille.

Je peux suivre mon cœur et perdre la raison ou entendre raison et faire mourir mon cœur.

Je laisse ma voiture dans le stationnement de la bibliothèque, les clés dans la boîte à gants, et je saute dans un taxi. Direction l'aéroport. La première destination pour bien vivre ma renaissance s'impose d'elle-même : l'Inde. Le second endroit où j'ai amorcé ma résurrection. Je suis loin d'avoir l'efficacité du Christ : pour lui, ça s'est fait en trois jours, tandis que, pour moi, cela m'aura pris quinze ans ! Mais au moins je passe de la parole aux actes. Le livre *Réfléchissez et devenez riche* que m'avait donné mon père à l'âge de 10 ans, était en germination : « Les gens qui réussissent agissent pendant que ceux et celles qui aimeraient réussir réfléchissent. »

Je venais de me retrouver.

Un véritable baptême dans le Jourdain de mon quotidien. Et Krishna (oui, parce que dire Christ, c'est banni, mais Krishna, le même sacré mot en langue sanscrit, c'est une bénédiction – que ce monde est cinglé !!) que ça fait du bien !

Ce n'est pas un baptême avec de simples gouttes d'eau sur le front que je venais d'avoir, c'est un baptême de coup de pied au cul !

LE COMMENTAIRE DU PHYSICIEN

C'est reparti, mon kiki (CG) :

Que puis-je dire d'autre que c'était prévisible ! D'ailleurs, je suis moi-même un peu blasé de notre routine. Je m'ennuyais des élans de folie de mon voisin de droite, dans une tête qui ne surchauffe plus assez souvent.

Notre cerveau a servi d'igloo trop longtemps. Un peu de piquant me sortira probablement moi-aussi de ma léthargie intellectuelle.

On dirait que depuis que la routine s'est installée, c'est l'écran de télévision qui a pris ma place. Je n'ai plus d'idées, plus de soif d'apprendre, ma mémoire s'amenuise et ma logique fond comme une glace à la vanille au micro-ondes, le temple des lunchs scolaires.

La sempiternelle manivelle du métro-boulot-dodo m'a moi aussi atteint de la maladie du je-m'en-foutisme.

Si c'est Bouddha qu'il nous faut, alors cette fois, mon Fou, je pars volontiers et volontairement avec toi.

Laisse seulement une petite note à Oli et aux enfants, qu'ils ne paniquent pas trop.

De toute façon, la famille préfère le papa intelligent et fou avec ses projets démesurés au petit mari tranquille qui passe ses soirées en spectateur inutile dans un aréna qui sert de résidence secondaire.

Go ! Allons voir Bouddha !

CHAPITRE
- 22 -

Bodhgaya. C'est à cet endroit que Siddharta Gautama aurait été atteint par l'illumination et qu'il serait devenu Bouddha.

Le voyage sur les ailes d'Air India est très long. Je ne réussis pas à trouver le sommeil. Je me sens fébrile, nerveux. Cela fait quinze ans que je mène une vie pépère. Forcément, je suis moins à l'aise avec le risque et l'imprévu. Tout le monde veut protéger ses acquis, même si, dans les faits, on sait qu'on les perdra un jour. J'ai appris à faire des études de marché, des plans de travail, de la comptabilité, de la gestion de budget. J'ai appris à contrôler. Or, voilà que je me suis violemment extrait de ma zone de confort et j'en perds mes repères.

Je me rends aux toilettes et suis renversé par une inscription que j'y trouve. Comme quinze ans auparavant, ces réflexions écrites rapidement sur les murs des toilettes serviront de jalons pour ma quête. «Bouddha, le Seigneur de la paix, a accepté de perdre sa vie pour que vous retrouviez la vôtre.» Que dois-je en penser?

Je me remémore un toast que j'ai porté à mon père, le jour de son cinquantième anniversaire: «Papa, pour tes cinquante ans, je bois à la santé de l'homme qui a passé sa vie à donner la sienne pour la santé des autres.» Médecin de profession, mon père a toujours été dévoué pour ses patients, au risque de négliger sa famille. À la maison, nous ne manquions de rien, mais ses patients, eux, avaient besoin de tout, et en premier lieu de ses soins. Je me sens soudainement nostalgique.

Si je comprends bien le sens du graffiti, je dois me sacrifier pour les autres? Or, je ne suis pas certain d'avoir la force ni le goût du sacrifice. Je devrais pourtant arrêter de me tourmenter. On verra bien! Quoi qu'il en soit, je me promets de suivre à nouveau la piste des signes.

De retour à mon siège, je me sens étrangement seul. Le poids de ma solitude pourrait faire s'écraser l'avion. Je viens tout juste de m'extirper des griffes du quotidien que, déjà, Oli, les devoirs, les couches et le bulletin télévisé de nouvelles me manquent. Mes pantoufles de citoyen bien rangé semblent plus difficiles à retirer que prévu.

J'appréhende déjà ma première conversation avec la boîte vocale de mon téléphone portable. J'ai peur des 28 messages chargés de pleurs, de cris d'inquiétude et de désespoir que j'y trouverai.

Pour tromper l'ennui et la désolation, je m'adresse intérieurement à Bouddha : « J'espère que tu ne fais pas semblant en m'attirant sur tes traces ! Parce que j'ai peut-être moins de couilles qu'il y a quinze ans, mais j'ai beaucoup plus de colère accumulée. Si jamais tes enseignements de devoir tout sacrifier pour amener la paix sur terre ne fonctionnent pas, Bouddha ou non, je serai fou de rage contre toi. »

Je sais que je ferai souffrir ma femme et mes enfants. Inconcevable, dira tout le monde.

Mais je suis la piste, j'observe les enseignements de mon maître. Tout m'incite à jouer mon rôle, à tout quitter pour sauver le monde. Un monde dans lequel tout, absolument tout est temporaire.

Dans le pâle reflet de l'embryon d'écran de télévision fermée devant moi, j'ai un sourire narquois : « Sauver le monde, moi ! ? Aïe ! Aïe ! »

Je n'ai pourtant pas l'étoffe d'une bouée de sauvetage.

Une chose à la fois. Je vais d'abord me rendre jusqu'à la grotte de Bouddha. Une fois sur place, je tirerai les conclusions qui s'imposent et trouverai bien ce que je dois faire pour la suite du monde. Si la grotte est vide de signification, je rentrerai à la maison, clamant le coup de tête arrivé comme un coup de vent.

L'avion se pose à Gaya, une ville située tout près de celle où Siddharta a trouvé l'illumination dans une grotte obscure.

Je quitte l'aéroport. Il fait trop noir et je n'arrive pas à trouver une chambre d'hôtel. Je me sens moi-même au fond d'une caverne obscure et je prie à mon tour pour une quelconque forme d'illumination. Un jeune garçon me demande dans un anglais impeccable si je cherche un endroit où dormir.

— *Jaya !* (Victoire !), lui dis-je en guise de réponse.

En Inde, les gens apprennent en très bas âge à se battre pour leur pain quotidien et ils savent saisir toutes les occasions. En Amérique, je n'aurais jamais suivi un garçon de cet âge qui me propose un hôtel... Mais ici, rien de plus normal. Depuis plusieurs années, je m'intéresse aux lois de l'action-réaction et j'ai appris que, plus on donne, plus on reçoit. J'offre à ce garçon un pourboire à faire pleurer ses parents, pendant qu'on me conduit à ma chambre d'hôtel, sans bagages. J'aurai plus tard à faire quelques emplettes ! Incapable de dormir, je décide d'aller fouler ce sol sanctifié au cœur de l'État du Bihar où convergent chaque année des centaines de milliers de pèlerins en quête de paix d'esprit. Bodhgaya est l'endroit où le Bouddha a trouvé l'éveil spirituel sous un figuier appelé Pipal.

Des dizaines et des dizaines de pays possèdent leur propre temple aux abords du temple principal, le temple de la Mahabodhi aux côtés du célèbre Pipal. Juste autour de cet arbre majestueux résonne 24 heures sur 24 l'*Om Mani Padme Hung*, mantra du bouddhisme.

Chacune des semaines qui ont suivi l'illumination du Seigneur de la Paix est décrite dans un labyrinthe de stations entourant l'arbre et le temple.

Je fais tout le parcours, imitant tant bien que mal les moines qui ont à tout le moins la toge symbolisant leur engagement.

À nouveau, dans ce climat de paix omniprésent, vendeurs du temple bien en vue, je ricane bien malgré moi en tentant un tour dans le sens anti-horaire, question de voir si la paix ici est aussi bien vécue que colportée.

Comme de fait, les moines faisant office de gardiens du temple ont tôt fait de me rappeler que c'est une offense que de tourner à contresens autour du Pipal sacré.

Cette fois, c'en est trop ! Le fou rire me prend comme partenaire de tango bouddhique. Je regarde le moine d'un air éberlué volontaire et je lui parle, en québécois, svp, pour lui dire que je cherche la paix. J'ose même lui dire de me ficher la paix !!

Si Bouddha a trouvé ici la paix, il ne s'est certainement pas fié au sens des aiguilles d'une montre pas encore inventée.

« C'est quoi la blague ?! » Continuant à rire aux éclats, j'enguirlande non pas de fleurs mais de paroles mon moine coincé dans une grandissante absence de paix! Hé, bonhomme, sans vouloir vous manquer de respect, je ne crois pas que le mantra sacré perde de sa puissance si on le chante en marchant dans l'autre direction. À croire que les gens d'Australie et de l'hémisphère Sud seraient plus en paix que ceux de l'hémisphère Nord parce qu'eux, lorsqu'ils regardent en direction de l'équateur, voient la Terre tourner d'ouest en est, dans le sens horaire, tandis que nous, ce qui vous inclut, M. BodhGayani Das, regardons la même Terre tourner d'ouest en est dans le sens anti-horaire.

Mon fou rire commençait à avoir des saveurs d'amertume et de tanin, pour ne pas dire de tanné, comme un Bordeaux bien vieilli, et, pendant que je m'apprêtais a faire au moine mon plus bel exposé sur les forces de Coriolis, j'entends un rire grave, profond et continu d'un vieillard assis au sol, en position parfaite du Lotus, qui observe notre débat religio-scientifique. Il me fait signe de la main.

Je ne me fais pas prier, je quitte le moine coincé et je me rends vers celui que j'appellerai, l'histoire d'un soir, Guruji.

Je m'incline, tête au sol, et paye mes hommages.

Je ne sais pas pourquoi, mais sa simple présence me rassure. Je suis subitement tout à fait… en paix. Une véritable paix tangible. Tous mes systèmes corporels ralentissent. Mon hamster mental quitte sa roulette, mon cœur s'ouvre.

Le vieillard me regarde. Il ne parle pas. En fait, il ne fait absolument rien.

Il est là, c'est tout!

Est-ce possible? Ce type de maître existe pour vrai!! Bien sûr, comme tout le monde, j'avais lu des bouquins tel le célèbre livre *La Vie des Maîtres*, de Baird Spalding, avec Émile, Jasp et Neprow, mais de là à avoir l'honneur et le privilège d'en rencontrer un et que celui-ci m'invite sous la protection de ses pieds. Ouf!

C'est elle. C'est ma Jennifer. Elle qui détestait tellement l'Inde, les gourous, les prières et la culture religieuse. Je parie qu'elle s'est rendue jusqu'à tirer les oreilles du Bouddha au ciel pour qu'il m'envoie un de ses représentants afin que je trouve réponses à mes questions. Avec elle, je n'aurai eu qu'à la regarder pour que ma tête et mon cœur et mon corps soient en paix. Enfin, presque tout mon corps…

Le Maître semblait non pas lire dans mes pensées, mais les vivre en même temps que moi. Un véritable *mindmelt* digne de Spock et des Vulcains. Je sens que je vais bientôt trouver intrinsèquement le pourquoi du comment, le secret de la quadrature du cercle, le PI et le PHI de la mathématique chaotique infinie de ma vie.

Le vieillard m'incite en pensées à prendre la même posture que lui, jambes croisées, pied droit sur cuisse gauche et pied gauche sur cuisse droite.

À ma grande surprise, je prends la posture sans ressentir la moindre élongation. J'étais devenu le leader des 4 Fantastiques, Élastic Man.

Je connais les principes scientifiques de l'osmose qui se résument à l'unification avec le temps de propriétés de deux corps placés en contact.

Mais de là à goûter à de l'osmose spontanée par un contact spirituel bien tangible entre moi et Guruji, il y avait un pas. Un Grand Canyon, dis-je.

Une heure plus tard, j'ouvre les yeux, croyant que j'étais là depuis quelques secondes. Je venais de goûter à mon premier réel état de méditation ou *Dhyana*. Ce célèbre état de zen, prononciation sonore de l'Asie du mot Dhyana, je venais d'y goûter. Le miel était passé d'un concept à un fait. *Scientific fact. Approved. Done.* Fait.

Toujours en silence, j'embrasse les pieds de mon Guruji, larmes aux yeux et je pars derechef.

Dodo.

LE COMMENTAIRE DU PHYSICIEN

CG, en état de peur :

Et hop, abracadabra, Bodh Gaya ! Bon. Tu aurais au moins pu lire un peu sur l'Inde en avion. Je sais que nous y sommes déjà allés, mais ça fait un certain temps. Et c'était dans un contexte différent.

De plus, des bagages, c'est utile. Vivre d'amour et d'eau fraîche, nous n'y parviendrons pas.

Rien à faire, comme un étalon qui voit enfin les portes de son enclos s'ouvrir, mon FOU a littéralement secoué sans tendresse ni compréhension l'establishment monastique bouddhiste.

J'ai vite compris qu'à notre âge d'homme mûr, il ne respecterait aucune règle. *ALL IN*, comme au poker.

Pauvres moines. Si vous croyez que de le voir déambuler dans le sens anti-horaire autour de votre temple sacré lui fait peur, vous n'avez encore rien vu !!!

CHAPITRE
- 23 -

Au petit-déjeuner, toujours à quelques pas de l'arbre où Bouddha a trouvé l'illumination, mon cours classique me revient en mémoire. Toute sa vie, les parents du jeune Bouddha avaient fait en sorte qu'il ne puisse pas voir le mal, la souffrance et la mort. Pour ce faire, ils l'avaient emmuré. Bouddha avait fini par quitter sa famille en pleine nuit en quête d'une meilleure compréhension de la vie. Il avait tourné le dos à son royaume pour trouver la paix de l'esprit.

Je remercie le ciel que mes parents ne m'aient jamais enfermé de la sorte! Ils m'ont plutôt exilé: quand j'avais douze ans, je suis parti vivre seul à Toronto, la Ville Reine. Je passais mes journées à m'entraîner pour des compétitions de patinage artistique. Seul à 13-14 ans, pendant deux été consécutifs, pas si facile. Piano à 5 heures le matin, équilibre sur glace en traçant des figures où les carres de mes lames devaient deux heures par jour se suivre au millimètre près, coup sur coup, comme un funambule sur son fil faisant des allers-retours sans filet sur son cable. Puis, d'interminables sessions de cogne-fesse sur glace chaque jour en tentant des triples boucles piqués, salchows, flips, lutz et axels. Ces étés-là, j'ai appris à apprivoiser la solitude en traversant seul, de bout en bout et à pied, la célèbre Yonge Street de Toronto chaque weekend. Sans doute avais-je trouvé la façon de ne pas voir le mal et la souffrance tout en me fabriquant un fessier d'acier!

Une douleur aux reins, la chaleur et la fatigue m'incitent à trouver rapidement un second endroit où séjourner dans cette ville mystique. Je me dirige vers une autre petite auberge.

— *Please, Sir, how much for a room?*

C'est deux cents roupies, me répond l'aubergiste, à peine quatre dollars. Je donne trois cents roupies à cet homme qui me regarde avec des points d'interrogation dans les yeux. Je lui fais signe de garder la différence. Et j'espère que ça en fera une. J'ai appris d'expérience qu'on a davantage de joie à donner qu'à recevoir. De cette façon, c'est l'univers qui court après toi pour t'ouvrir ses portes. C'est vrai qu'on récupère au centuple ce que l'on donne. À condition de donner sans rien espérer en retour, avec générosité. Cliché? Puis après. C'est Bouddha City ici!

J'entre dans ma nouvelle chambre. Elle est minuscule mais climatisée. Un vrai luxe dans ce pays! Les toilettes sont sur le palier. Je ne suis pas surpris de n'y voir ni cuvette ni papier de toilette. Un simple trou dans le plancher. Pour le reste, il faut utiliser sa main gauche. Quand on n'a pas d'autre choix, on s'en contente. Du reste, l'hémisphère droit de mon cerveau fait un peu d'exercice par ce nouveau mouvement de l'avant-bras gauche que j'exécute bien gauchement.

De retour dans ma chambre, je n'ai qu'une envie: rester enfermé ici, me jeter sur le lit, revivre mon illumination de la veille et retourner dormir. J'ai moins de fougue qu'il y a quinze ans. Il faut dire qu'à l'époque mon courage était nourri par le désespoir. Aujourd'hui, mon aventure est commanditée par une soif de vérité. Un moteur plus humble, et moins puissant.

Je cède à la fatigue et m'étends encore quelques minutes. Peut-être est-ce par besoin de me consoler quelque peu de la solitude, mais je ne peux m'empêcher de penser aux trois femmes de ma vie: ma promise décédée, ma mère et Olivia que j'ai quittée sans crier gare, après avoir déposé un baiser sur son front. Je me dis qu'elles pensent peut-être, elles aussi, à moi. Sur le côté de la table de chevet, quelqu'un a griffonné une pensée au crayon de plomb: «Si tu trouves la paix, tu trouveras tout. La nature s'inclinera devant toi. Tu dois d'abord trouver ta grotte intérieure et la nettoyer.» Du coup, je me sens ragaillardi. J'avais goûté à la paix la veille et j'en voulais définitivement plus!! Encore plus!!!

Je me lève aussitôt et quitte ma chambre pour me rendre à la grotte du Bouddha.

On m'avertit que je dois traverser à pied une rivière ensablée qui attend désespérément le retour de la mousson. Nous sommes le 3 mai, le mois de Marie. Il fait 40 degrés Celsius. Si le 3 fait le mois, comme on dit, je ne tiens pas à traîner ici jusqu'en juin et juillet. Je traverse la rivière asséchée et j'ai une pensée pour Moïse. En chemin, je croise un village. Je décide de m'arrêter, le temps de me reposer un peu et de me rafraîchir. Il y a une hutte et quelques chaises. Je commande un Coca et m'installe à l'ombre. Au loin, j'aperçois des femmes dans un champ en train de semer.

Pendant que je m'égare dans mes pensées, un jeune garçon me ramène à la réalité en tirant sur ma manche. Je vois dans son regard qu'il a peur. Il prend son courage à deux mains pour me tendre l'une des siennes. Je reçois toute une leçon de vie : lorsqu'on est en difficulté, il faut avoir le courage et l'humilité de demander de l'aide. Je lui tends un billet de cinq cents roupies, soit dix dollars. Cette somme représente peu de chose pour moi. Mais je ne pouvais pas prévoir l'onde de choc que j'allais causer avec ce geste.

Une des femmes dans le champ a vu, je ne sais trop comment, le billet que j'ai donné à son fils. Elle pousse un cri. Je n'avais pas réalisé qu'il s'agissait d'un enfant âgé d'à peine quatre ans. Je viens de lui donner l'équivalent du salaire que sa jeune mère gagne en un mois de travail dans les champs. Un mois de salaire !

En quelques secondes, des enfants surgissent de partout comme des fourmis au printemps. Il y en a une cinquantaine environ. Ils me sautent au cou, crient, dansent, me prennent par la main. Jamais de ma vie je n'avais pris un si grand bain d'amour. Une centaine de mains se tendent vers moi dans l'espoir de recevoir de l'argent. Je me dirige vers la hutte et j'achète tout ce qu'il reste de boissons et de friandises. Je lance des paquets de bonbons au ciel. L'essaim d'enfants me libère enfin, tout occupé à ramasser ces trésors.

La maman du petit garçon a observé la scène. Dès que je me retrouve seul, elle vient se jeter à mes pieds. Elle pose son front au sol et entame le mantra *Om Mani Padme Hung*. J'apprendrai plus tard que c'est le mantra que répètent les moines bouddhistes partout sur terre.

Il n'en fallait pas plus pour que j'hérite de mon quatrième prénom : le Bouddha blanc. La grotte peut bien attendre. Je sens que j'ai une place ici, dans ce village qui changera ma vie et ma perception du monde. J'appelle à l'hôtel pour demander qu'on m'envoie la facture et qu'on me congédie de ma chambre. C'est décidé, je ne veux pas revenir en arrière. Je passerai la semaine ici, entouré du rire des enfants qui m'entraînent dans leurs jeux.

Au menu, faire des anges dans le sable, apprendre un peu de hindi, des comptines de leur crû, des histoires de zombies, des matchs de soccer avec une balle en bouse de vache, l'édification d'une maison de paille, bref, la vraie vie quoi.

J'apprends quelques secrets culinaires absolument inaccessibles à ceux, excusez pardon, qui ne portent pas le sobriquet de Bouddha blanc !!

Chapati, samosa, et bien d'autres petits paradis pour une bouche déserte en soif d'oasis gustatifs.

Et la danse. Oh, qu'est-ce qu'ils dansent ! Des petits aux plus grands. Matin, midi et soir.

Ici, la prière et la vie sont toujours embrassées par la musique, les chants, les regroupements, le thé chaï et la danse.

Au bout de quelques jours, comblé comme le père Noël qui ramène Rudolph au bercail après avoir envahi de présents toutes les cheminées de sa vie, j'embrasse tous ces jeunes héros et je reprends la route de la grotte. Il me reste à peine un kilomètre à marcher. Bientôt, je découvrirai la grotte de celui qui a tenté d'amener la paix sur la terre.

À chaque pas vers ce lieu qui m'attire et m'effraie, mes pensées s'éclaircissent.

Et si c'étaient eux qui avaient raison ? Si le son influence la matière, si la flûte enchantée de Mozart améliore les capacités intellectuelles, si une marche militaire enflamme le courage des soldats, si une chanson d'amour fait briller le cœur, alors pourquoi devrions-nous nous priver de faire vibrer à haute voix le nom de Dieu ? Pourquoi dire « Christ » serait-il un péché ? Non, ils ont forcément raison. En Christ ! En Krishna !

C'est à l'halloween que nous imitons le mieux ces anciennes cultures. Nous sortons tous dans les rues, nous chantons, nous nous saluons, nous communions, les enfants courent partout, les portes de toutes les maisons sont ouvertes, la monnaie se mesure en bonbons. Ce soir-là, nous devenons toutes et tous des Bouddha blancs.

Dommage que nous ne le fassions qu'une fois par année avant que nous nous renfermions dans nos cloîtres que nous appelons maisons. Dommage aussi que nous devions parler de monstres, de Dracula, de sorcières et de zombies pour nous faire sortir en communauté jouer dehors.

Dommage, toute cette histoire de cocooning. Mais bon. Qui peut dire si la chenille meurt vraiment. Et si le cocon n'était pas un tombeau de chenille, mais un utérus de papillon ? Si nous étions, comme race, à l'aube de nous faire pousser des ailes et de devenir angéliques ? !

Décidément, Bouddha commence à déteindre sur moi. Pas surprenant que les Beatles, ayant côtoyé des maîtres yogis, ont pondu des œuvres comme *All You Need Is Love* et *Let It Be*.

Je vais justement *Let It Be*.

C'est le temps d'entrer dans la grotte du Bouddha, de descendre dans mes propres enfers, de nettoyer à la Hercule mes écuries d'Augias, de traverser mon Styx, et de plonger dans mes grottes intérieures. Mon fil d'Ariane à moi, c'est Jennifer qui le tient. Impossible qu'elle ne me sorte pas de là si je m'y perds !

CG, sous le charme des enfants :

J'ai beau être le côté rationnel de notre cerveau, cette expérience avec des enfants à l'état pur et ce divin (oui, j'utilise aussi parfois ce mot !!) sobriquet de Bouddha blanc m'ont profondément ému.

Il faut croire que le FOU et moi, en terre de l'Inde, sommes ici plus près l'un de l'autre que nulle part ailleurs sur terre.

C'est ici qu'ont pris naissance les expressions « raisonnement intuitif » ou « intuition raisonnable ».

Le chemin des signes est tout tracé. Pas de doute, nous devrons faire face à l'épreuve de la grotte.

CHAPITRE
– 24 –

Après toutes ces années où je me suis endormi entre les comptes à payer et les comptes à recevoir, je sens que ma voix intérieure retrouve la parole. Au pied du mont à gravir pour rejoindre la célèbre grotte, elle me suggère d'enlever mes chaussures et mes chaussettes. Ma plante de pied a peine à supporter la température brûlante du sol en carence d'ombrage de trop absents fidèles.

Nous ne sommes en effet qu'une dizaine de curieux, pas plus. N'y a-t-il pas plus de 500 millions de bouddhistes sur terre? MAIS OÙ SONT-ILS?

Cette ascension, véritable *Stairway to Heaven*, si l'on en croit l'histoire de la vie du Maître de la paix, ne coûte absolument rien. La grotte n'est qu'à un kilomètre de marche. Des porteurs peuvent vous transporter dans des sièges dignes d'une Cléopâtre de la spiritualité, mais personne. Il n'y a personne.

Pendant que j'entame ma montée, jouissant de chaque pas, j'ai peine à comprendre le sens de toutes ces guerres saintes alors qu'un joyau comme cette grotte d'à peine 10 x 20 pieds, qui a conduit le chercheur à six ans de profonde transe, de sacrifice, d'abstinence et de méditation, peut enseigner en quelques minutes ce que j'ai cherché à comprendre toute ma vie. Comment trouver la paix.

Qu'à cela ne tienne, ma raison et mon cerveau tentent de parlementer avec mes pieds. Je ne peux pas faire l'ascension nu-pieds, c'est de la folie! Un chemin d'un kilomètre, pavé de cailloux brûlants aux arêtes tranchantes. Ma petite voix intérieure avance l'argument le plus fort: « Si tu n'es pas prêt à être un va-nu-pieds, tu passeras ta vie à te protéger de tout. » Je retire mes souliers et mes chaussettes. Peut-être qu'ainsi, au sommet, je trouverai plus facilement mes hauts...

Je marche sur les roches, sans aucune protection. Curieusement, je ne ressens aucune douleur. Le sol est pourtant brûlant. Mais comme j'ai l'esprit en paix, j'ai l'impression que la chaleur, au lieu de me brûler, irradie en moi pour recharger mes piles. Vingt minutes plus tard, j'arrive au sommet, non sans avoir croisé une dizaine de mendiants qui, étrangement, ne quémandent rien durant l'ascension. Ils n'accepteront d'offrande de ma part que lorsque j'aurai reçu la purification de Bouddha lui-même.

Au sommet, je croise quelques moines, plusieurs Asiatiques et un nombre impressionnant de touristes. Je prends ma place dans la file d'attente. Je cherche l'état de grâce et je me prédispose à le recevoir.

Après trente minutes d'une attente qui m'a permis de me plonger dans une profonde méditation, je pénètre enfin dans la grotte. Je connais l'histoire : Bouddha était accompagné de cinq bras, cinq compatriotes qui le suivaient aveuglément pour réussir à atteindre l'illumination à travers lui.

Une fois au sommet, j'entre dans le gite sacré (la grotte est à peine plus grande qu'un *walk-in*) qui jadis abrita le Bouddha et ses cinq acolytes. Assis, je plonge spontanément dans une zone de vide mental. Comment faire autrement ? Le Bouddha y a clairement laissé sa marque.

Mais j'y perçois aussi une profonde solitude et même un parfum corsé de souffrances.

L'histoire raconte qu'après cinq années de vie ascétique et de privation, Bouddha, non pas celui représenté à tort par un gros bedon, mais le vrai, totalement rachitique, a choisi de quitter la grotte pour se rendre en bas. Il a accepté une boisson d'une étrangère sous le regard colérique de ses compatriotes qui le renièrent chacun leur tour.

Il faut croire que tous les héros goûtent un jour à l'abandon de leurs fidèles, que ce soit dans le sport, la musique, les affaires ou la spiritualité, lorsqu'ils décident de pousser leurs recherches et ambitions plus loin.

Je comprends que toute grotte est temporaire. Pas de sépulture permanente. Sur les murs de la grotte, un graffiti étrange : sous forme de dessin, cette fois, comme un ongle ayant frotté sans arrêt pendant des années le même morceau de roche. Une série de traits verticaux. Un peu comme le font les prisonniers qui comptent leurs journées dans leur cellule.

Toujours dans la grotte, je ressens subitement un frisson inconfortable le long de ma colonne vertébrale. J'ai froid, j'ai peur. Je me sens prisonnier. Prisonnier de ma quête de vérité. Du coup, comme Bouddha, je me lève et je sors ; non, je cours hors de cette prison spirituelle et décide que je n'ai pas reçu un corps physique pour le punir, le renier et l'abandonner.

Non. Si Dieu existe, il est aussi dans la matière. L'eau existe à l'état de glace, de liquide et de vapeur. Dieu existe comme nous à l'état physique, mental ET spirituel. Pas juste un.

J'étais devenu le D'Artagnan des trois mousquetaires de mon égo.

Moi aussi, comme Bouddha, je suivrai désormais le chemin du milieu. L'équilibre. Après tout, on peut être extrême et demeuré équilibré, pour autant qu'on soit extrême dans tous les pôles de la vie, du spirituel, au mental et au physique.

De retour au bas de la petite montagne, sans doute dans l'espoir d'un achalandage touristique, le lieu est bien évidemment investi par diverses boutiques et cantines. Je trouve ce côté mercantile inapproprié, mais je ne suis pas fâché de trouver des toilettes. Les usagers précédents étaient particulièrement inspirés et ils ont fait preuve d'une spiritualité étonnante. Il y a des inscriptions partout sur les murs. L'une attire particulièrement mon regard : « Pour trouver la paix, il faut accepter la puissance. Lorsque ton cœur est pur, la puissance devient fontaine de Jouvence pour chacun. Mais s'il te reste un soupçon de méchanceté, ta puissance va s'autodévorer. »

Je prends le chemin de la descente. C'est d'ailleurs comme ça que je me sens : j'ai l'impression de descendre bien bas, de tomber de haut. J'étais tellement bien dans cette grotte !

Dans une des boutiques près des toilettes, j'ai acheté des biscuits que je distribue aux mendiants que je croise. Ils perçoivent ma paix intérieure et acceptent mes offrandes.

Une fois en bas, je ne sais plus où aller. Je pose mes deux genoux au sol et tourne mon regard vers le ciel. Je me sens comme un enfant abandonné. Sans guide, je suis déboussolé. « Maman, dis-moi où je dois aller maintenant. »

Un bambin se précipite dans mes bras. Et quand je dis bambin, je n'exagère pas ! Le bébé que je tiens dans mes bras doit avoir huit ou neuf mois, pas plus. Il en est à ses premiers pas. Sa mère le suit de près. Elle me regarde avec un sourire aussi éclatant qu'un lever de soleil. Elle s'adresse à moi en hindi et me demande mon nom. Je me félicite d'avoir appris les rudiments de cette langue et, spontanément, je lui donne mon nom d'initiation, reçu quinze ans plus tôt, lors de mon premier voyage en Inde : Aghorananda.

Je lui demande à mon tour le prénom de son petit ange gardien qui s'est blotti dans mes bras. Lorsqu'elle me dit qu'il se nomme Nikhil, qui signifie « entier », je passe près de m'évanouir. Mon fils s'appelle Nicolas. J'ai une boule dans la gorge en me rappelant que je l'ai abandonné. Je remets le bambin à sa mère et poursuis ma descente en pensant à ma famille.

Je suis perdu dans mes pensées. Je cherche les conseils d'un guide. La boutique improvisée au pied de la montagne du Bouddha se nomme « Chez Timir ». Bon, un point de départ. J'y entre. Surpris, je découvre une foule de statuettes venant de plusieurs pays étrangers. Même un Bouddha qui forme de ses mains un étrange *mudra*, une sorte de pyramide.

Petit à petit, je suis en proie à des divagations étranges en songeant à la dynastie des Timourides. Religion, sunnisme.

L'Inde m'a révélé ses plus belles perles. Mais je suis toujours en quête. La paix du Bouddha ne me satisfera tout simplement pas dans cette vie où j'ai déjà goûté au monde familial et commercial. Non, j'ai besoin d'équilibre, d'idées de grandeur. Mon plus grand problème, c'est la routine. La roue X du tarot infernal de revivre sans cesse la même journée.

Faut-il que je devienne soldat pour me désennuyer ? « Engagez-vous, qu'ils disaient », un vieux souvenir d'Astérix et Obélix me passe soudainement par la tête.

Grandeur. C'est une question de grandeur. Grandeur d'esprit, de pensées, de projets. Je comprends du coup que j'ai besoin d'une plus grande famille, de plus de connaissances, d'occuper cette tête infatigable à l'appétit sans fin. Un empire. Il me faut un empire.

Je fais aussitôt l'inventaire des plus récents signes autour de moi :

1. Bouddha, curieux d'avoir la vue d'ensemble et insatisfait dans un royaume paradisiaque, mais où il n'a pas accès à toute la vérité. Grotte 1, palais 0.
2. La guerre. Bof. Un bon Xbox fait bien l'affaire. Grotte 2, régime militaire 0.
3. La maison. D'accord. Mais plusieurs. Du changement. Plage et neige. Surfer et pelleter. Grotte 2, domicile 1.
4. Sport et musique. Oh que oui ! Pas d'entraînement physique et pas de clé de sol, non merci. Grotte 2, vie 2.

Je suis devant le pire des matchs nuls de ma vie. M'enfoncer pour toujours dans un état passif mais paisible de méditation ou retourner dans ma petite vie régulière. Je réfléchis. Aucune des deux options ne m'attire réellement et je n'ai pas fait tout ce chemin pour me contenter d'un choix tiré à pile ou face. Une prolongation. Je vote pour une période de réflexion supplémentaire.

Je dois trouver une destination qui me prouvera hors de tout doute qu'il est possible de marier paix de l'esprit à vie de famille, activités variées au calme de la détente. Sinon, c'est le retour au désir de quitter ce monde au plus tôt.

Un petit coup d'œil au-dessus de mon épaule. J'observe à nouveau le Bouddha aux doigts pyramidaux.

Égypte ? Pourquoi pas. C'est un empire. Grandiose. Empire où la littérature d'Alexandrie, l'aventure du Nil et de la conquête, la prière des divinités et le lien avec la nature ont fait de cette période monarchique l'un des joyaux de notre histoire.

Le pays de Ra, ce sera ! De toute façon, c'est sur mon chemin. Un saut sur le continent africain, en Égypte. Mais où en Égypte ?

Au moment même où je me pose la question, un faucon passe tout juste au-dessus de ma tête. Cet oiseau représente pour les Égyptiens le dieu Horus. Horus, l'équivalent de Ganesha en Inde et du Christ pour les chrétiens. Les temples dédiés à cette divinité se trouvent dans le sud du pays. Très bien, direction Edfou, en Haute-Égypte !

LE COMMENTAIRE DU PHYSICIEN

CG, l'énigme du FOU :

Sans surprise, la grotte du Bouddha fut tout autant un supplice pour moi que je pense qu'elle le fut pour le Bouddha lui-même.

Un endroit où chaque pensée tombe sur le crâne tel un coup de massue. Je devine le même type de souffrance des condamnés, au Moyen Âge, au supplice de la goutte.

Boum, u, boum.

Chaque pensée prend toute la place. Elle vous lance un défi. Le défi de l'anéantir ou d'être anéanti par elle.

Ce n'est qu'à la sortie de la grotte que j'ai compris que je pouvais survivre à ce type d'expérience sans mon FOU et ses étranges interprétations.

Et parlant d'étranges interprétations, je suis, moi, sa bouée de sauvetage quand il se noie dans des tsunamis d'émotivité comme cette fois, à genoux au pied de la montagne.

Sans prétention, l'interprétation des signes pour le choix de l'Égypte comme prochaine destination, c'est moi qui la lui ai inspirée. Après tout, quoi de plus stimulant que de percer le secret mathématique de la construction des pyramides, chef-d'œuvre de l'architecture numérique, ou encore de faire la tournée de la bibliothèque d'Alexandrie ?

Que de belles découvertes historiques nous allons y faire. La source même du génie de la Grèce, puis de l'Empire romain. Quel flot de développement intellectuel : de l'hindi, converti en hiéroglyphes, transmuté en grec et perfectionné en latin ! Un délice pour mes neurones assoiffés d'un Nil de connaissances !

Sauf que mon FOU, lui et ses folies, n'allait pas me donner ces joies. Il faudra encore une fois suivre ses satanées interprétations ! *Alea Jacta Est !*

CHAPITRE
– 25 –

Pendant que j'attends mon vol à l'aéroport, je me souviens d'une personne un peu étrange qui, après avoir assisté à l'une de mes conférences, m'a dit, sur le mode de la confidence, que j'étais de la lignée du dieu Thot. À l'époque, je n'ai pas prêté attention à cette remarque, mais aujourd'hui je suis curieux d'en savoir plus sur mon alter ego mythologique.

J'attrape mon téléphone intelligent. Une brève recherche m'apprend que Thot est l'inventeur des hiéroglyphes et dieu de l'écriture. En plus d'avoir des connaissances illimitées, il maîtrise toutes les sciences. Il est celui qui communique les messages du divin sur terre en mariant ses doigts ensemble ou bien à l'aide d'un encerclé de bois.

Si je suis bel et bien de la lignée de ce dieu égyptien, je comprends maintenant pourquoi l'écriture me vient si facilement. Je n'ai aucune idée de ce que je fais quand j'écris, je me laisse aller totalement. Les surréalistes appelaient ça «l'écriture automatique». Je deviens spectateur de mes propres doigts qui bougent à la vitesse de ceux de Frantz Liszt sur le clavier d'un piano.

Dans l'avion, je fais de mon mieux pour rester sur terre même si ma tête est toujours dans les nuages.

Je viens de conclure que cette quête de vie doit me conduire à l'équilibre. Écouter et suivre les signes? D'accord. Lire les écritures sur les murs des toilettes et prendre sur-le-champ des décisions basées purement sur mon instinct? Dac. Mais l'équilibre? Comment???

Je prends un crayon et un bout de papier et j'écris: COMMENT TROUVER L'ÉQUILIBRE.

Au même moment, mon voisin de vol fouille dans son portefeuille pour en ressortir une carte de crédit afin de régler un achat en vol. Je souris. Pour lui, me dis-je, l'équilibre, c'est un portefeuille équilibré et l'accès à une porte de sortie. L'histoire de ma vie, c'est de lire les écritures sur des portes équilibrées et de m'arranger pour avoir un… portefeuille de sortie !

Je passe en revue les définitions de l'équilibre socialement acceptées : une femme, une famille, des études, un emploi, une sécurité financière, la télé et quelques loisirs. Logique. Cartésien.

Je suis peut-être ingénieur, mais je suis aussi ascendant physicien. Et la physique, c'est pour les fous aux idées impensables ! Ceux qui ont créé les nombres imaginaires pour régler des problèmes cartésiens du genre : quelle est la racine carrée de -1 ? Un physicien sur un *high* a dit : « Et pourquoi pas i^2 ? La racine carrée ferait i. » À croire que le mathématicien du 18e siècle Leonard Euler a ajouté un hi hi hi à sa réponse. Ou une quelconque forme de LOL.

La physique pure représentant l'habit de gala des mathématiques, ma mémoire projette dans mon esprit cette superbe citation, tellement appropriée pour un voyageur excentrique qui vient de passer de l'hyperespace spirituel au paradis mathématique des Égyptiens :

> « *L'esprit divin s'est manifesté de façon sublime dans cette merveille de l'analyse, ce prodige d'un monde idéal, cet intermédiaire entre l'être et le non-être, que nous appelons la racine imaginaire de l'unité négative.* » Gottfried Willhelm von Leibniz

Je griffonne des mots qui doivent faire partie de ma définition de l'équilibre : piquant, aventure, Dieu, science, sport, mystère, risque, Jennifer, Olivia, mes enfants…

Une larme tombe sur mon bout de parchemin tandis que, de mon hublot, j'assiste au superbe spectacle des pyramides. J'arrive à Edfou, ville principale du culte d'Horus, située en Haute-Égypte, si l'on se fie à la direction du courant du Nil.

L'équilibre, malgré tous les signes des murs des toilettes, ne pourrait pas se passer sans Jenni, sans ma famille. Impossible.

Je quitte l'avion en chute libre d'émotions. L'avion s'est posé sans difficulté. Mes émotions se sont écrasées.

Facile dans la grotte du Bouddha de décrocher du corps, du mental et du cœur. Facile que de n'être que spirituel, dans un état latent.

Mais ici, c'est une autre paire de manches. Je suis bouleversé. Je suis perdu. Vite, des papiers mouchoirs avec qu'on ne m'accoste avec plus de questions que de réponses.

Dans les toilettes de l'aéroport, je lis ceci : « Lorsqu'on n'est plus rien, lorsqu'on a cédé ses droits et qu'on perd le désir d'être indispensable, on a une chance de trouver le paradis. » *Nil* signifie « rien » en latin. C'est exactement ce que j'ai envie de devenir : rien.

Je sors de l'aéroport. Quelle chaleur ! Le soleil plombe. Les pharaons ont vu juste en construisant des pyramides : de grosses tentes en pierres tempérées, pour ne pas dire réfrigérées, qui protègent de la chaleur !

Je retrouve mon calme, en fier bipolaire qui swingue son esprit plus vite qu'une championne de tango balançant sa jambe au rythme du duel de la danse.

Je dois absolument trouver quoi faire avec ces mystérieux signes.

Je suis au paradis des signes, non ? Les hiéroglyphes. Des dessins pas que sur les murs des toilettes mais partout. Dans toutes les structures et toutes les pyramides.

Certes, ces signes veulent dire quelque chose et doivent forcément servir à quelque chose.

Je ne suis pas ici pour découvrir le secret des pyramides pas plus qu'un gamin entre au dépanneur pour trouver le secret de la Caramilk. Je n'en veux plus, de secret. Je me fiche bien que ces fameuses pyramides soient des tombeaux débilement trop grands ou des pistes d'atterrissage pour des vaisseaux spatiaux dans l'écran de télé 4D d'extraterrestres.

Je laisse tout ça à des gens beaucoup plus érudits que moi.
Non.

Ce que je veux est simple.

Je veux trouver MA PIERRE DE ROSETTE. Mon outil de décodage pour tous ces signes, tous ces graffitis sur les murs des toilettes.

J'en ai assez de trouver des signes qui me prouvent que les signes existent.

Rien. TOUT ÇA NE SERT À RIEN.

Tout ça ne sert absolument à rien à part laisser filer Chronos hors de la prison de mon jardin d'Éden.

Ce que je veux, c'est savoir comment utiliser les signes pour trouver l'équilibre.

Voilà ce que je veux.

ET VVVVVLLLLLLLLLAN !

Près de seize ans après le début de mon expédition de vie, je comprends enfin LA VRAIE QUESTION À RÉSOUDRE; entre la grotte du Bouddha, le Seigneur de la paix et les plus grands rois que la terre aient connu, les pharaons, j'ai trouvé. Entre le roi du spirituel et les rois de la matière.

C'est ici que mon cœur et mon mental ont trouvé la bonne question.

Comment utiliser les signes pour trouver réponses à mes questions.

Je cherche la pierre de Rosette de la vie !

Donc, il me faut une question pour utiliser et décoder adéquatement les signes.

Évidemment, la première est littéralement : COMMENT TROUVER L'ÉQUILIBRE EN INCLUANT TOUS LES MOTS SUR MON PARCHEMIN, DANS LEUR APPLICATION RÉELLE ?

Les signes, je les ai. La question aussi (je relis une autre fois les mots que je souhaite concrètement inclure dans mon équilibre de vie : piquant, aventure, Dieu, science, sport, mystère, risque, Jennifer, Olivia, mes enfants).

Ma destinée en Égypte, qui a passé l'un après l'autre en lecture tous les livres de la bibliothèque d'Alexandrie après avoir nagé le Nil du sud au nord, sera de trouver MA PIERRE DE ROSETTE.

À peine le pied à l'extérieur de l'aéroport que déjà mon sextant de vie entre en action.

Un étrange personnage s'approche et me demande en arabe si je veux faire un tour de ville à dos de dromadaire. Je ne parle que très peu sa langue et lui réponds dans un arabe approximatif. L'homme rit de bon cœur devant mes misérables efforts pour communiquer dans la langue du pays. Plus tard, je réaliserai que je lui ai répondu quelque chose comme : « J'accepte de coucher avec votre chameau. » Mon audace m'a fait mettre les pieds dans les plats ! Peu importe, le ridicule ne tue pas et je suis là pour prendre des risques.

Avant même qu'il ne m'annonce un prix, je lui donne cent dollars pour la promenade. Je sais que la coutume ici est de marchander pour obtenir le meilleur prix possible. Mais j'ai envie que cet homme rentre chez lui ce soir avec de quoi réjouir sa famille. Il me regarde, abasourdi. Jamais de sa vie il n'a reçu un tel montant pour une promenade en chameau. Il doit habituellement démarrer les négociations à vingt-cinq dollars, en espérant en obtenir vingt.

La récompense pour ma générosité ne se fait pas attendre. Il dessine sur le sol le symbole du féminin. Un cercle assis sur une croix. Je ne sais pas pourquoi, mais j'ai à peine plus envie d'une femme que de son chameau et je décline l'offre. Il n'insiste pas, mais me fait comprendre que je finirai bien par changer d'idée. Ça m'étonnerait ! Je me sens déjà assez seul ainsi, la présence d'une prostituée ne serait qu'un bref réconfort mais amplifierait mon sentiment de solitude.

Je monte sur le dos de l'immense bête. À peine quelques minutes plus tard, le guide me fait signe de descendre. Je trouve la promenade bien courte pour le prix que j'ai payé, mais j'obéis.

Nous entrons dans un véritable temple de la féminité et je me retrouve entouré de déesses. J'en oublie mes précédentes considérations et je souhaite ardemment la compagnie de toutes ces femmes. L'une d'elles s'approche de moi et je découvre un nouveau sens au mot « abandon ».

Elle m'ouvre les portes de son temple.

Ma muse, ma geisha, est de retour. J'ai vécu une expérience semblable quinze ans auparavant, au pied du mont Fuji. Je me dis qu'après toutes ces années, j'ai le droit de goûter quelque chose de nouveau.

Cette expérience est d'une pureté incroyable. À peine quelques secondes avec cette femme et je réalise que la relation sexuelle a deux buts : faire descendre du ciel une âme, de sorte que plus la pureté de la relation est grande, plus l'âme qui accepte de descendre sera pure et puissante. Ou encore, il s'agit de permettre que l'énergie prenne le chemin vers le haut afin d'activer la créativité. Deux façons d'aborder l'acte. Soit on se remplit, soit on se libère.

La déesse est debout devant moi et me demande gentiment de me dénuder. Je ne joue pas les pudiques et j'obéis tout aussi gentiment. Je suis un peu gêné, mais tant pis, j'accepte de jouer le jeu. Il est évident qu'elle teste mon courage et veut savoir jusqu'où je peux aller pour me défaire de mes peurs, en me montrant dans ma plus simple expression et en m'offrant totalement.

Je suis subjugué par sa beauté qui dépasse largement celle du Soleil levant du Japon. C'est la femme la plus féminine qu'il m'ait été donné de voir et même d'imaginer. Elle est vêtue d'une robe blanche transparente qui ne cache absolument rien de ses trésors fabuleux.

La vie surpasse mes attentes les plus folles. Ma voix intérieure me rappelle que je ne connais même pas ces attentes. Je lui accorde raison et lui demande de se taire pour les prochaines heures.

Au tour de la femme de se dévêtir. J'ose à peine la regarder. Elle dénoue le mince ruban qui retient le peu de tissu qui la couvre. Je sens que mes yeux ne peuvent supporter tant de beauté. De fait, par simple réflexe, je mets ma main devant mes yeux. Sa beauté est si intense qu'elle m'émeut au plus haut point. Je ne la trouve pas que belle, je la trouve pleinement émouvante. Mon désir s'apparente à l'émotion, une émotion vibrante à laquelle j'ose enfin faire face.

Elle s'approche et m'embrasse en échangeant son souffle avec le mien. J'inspire ce qu'elle expire. Et vice versa. Je comprends le vrai sens de la sexualité dans ce transfert d'énergie. Je la supplie de passer le reste de sa vie avec moi. Elle accepte, à ma grande surprise. Suis-je sérieux en lui proposant une telle union, je ne le sais pas, tout comme je ne sais pas si elle l'est. Tout ce que je sens, c'est que cette promesse nous rapproche encore davantage et augmente l'intensité du moment. Je comprends le sens du mot « fusion ».

Je suis sans voix. Nous ne sommes plus qu'étreintes et baisers. Elle m'entraîne en des lieux inconnus et me confie tous ses secrets. De sa voix sensuelle, elle me glisse que, lorsque la sexualité est utilisée pour la créativité, tous les talents se révèlent au grand jour. L'extase dure ainsi plusieurs heures.

Puis, elle m'entraîne vers son Xanadu privé et l'ambiance change du tout au tout. Voilà qu'elle me saute au cou, littéralement. Je tombe à la renverse sur un matelas et ses jambes enserrent ma nuque. J'ai l'impression qu'elle veut m'étrangler, mais elle cherche plutôt à paralyser mon corps par son parfum envoûtant de lotus. C'est comme une drogue et je respire à pleins poumons.

Elle se met à m'embrasser encore et encore. C'est comme si je recevais mon baptême du feu, c'est comme si je donnais mon premier vrai baiser. J'ai tout à apprendre. Je suis bon élève et reçois la leçon avec humilité et gratitude. Un transfert s'opère entre elle et moi. Je sens qu'elle me réserve de purs moments de plénitude. Ses lèvres retrouvent les miennes et, à nouveau, nos respirations s'inversent. J'inspire ce qu'elle expire, elle inspire ce que j'expire. Nous sommes parfaitement immobiles. Je suis stupéfait de constater que le plaisir réel passe par la bouche, par cette communion des souffles. Nous échangeons ainsi notre respiration pendant de longs moments, jusqu'à ce que j'entre dans une véritable transe. Quelle muse !

Je finis par m'endormir. En fait, non, je flotte. Au matin, elle est encore là, à mes côtés. Est-ce possible ? Cette femme unique est demeurée à mes côtés pendant tout ce temps. Puis ce que j'entends est encore plus incroyable. Elle me dit qu'elle veut qu'on parte ensemble. Elle en a marre d'être vue comme une simple déesse.

Elle souhaite maintenant être un peu plus humaine et vivre cette transition avec moi. Je suis renversé ! C'est trop beau pour être vrai, je dois rêver. Ivre d'amour, je m'endors de nouveau.

LE COMMENTAIRE DU PHYSICIEN

CG, des sentiments partagés :

Je connais mon FOU. Je sais que, tôt ou tard, il finit par m'écouter. Cette fois, nous avons fait un grand pas. Il a compris que la recherche de signes pour se prouver qu'ils existent est une sainte perte de temps.

Il faut à tout le moins, si on se lance dans l'interprétation et les hypothèses, avoir une prémisse de départ.

Bien sûr, les héros de la science ont eux aussi lancé des interprétations étranges, voire saugrenues. Comme pour les astres, la présence des neutrons et même la théorie du Big Bang. MAIS ILS AVAIENT D'ABORD UNE QUESTION DE DÉPART. Une question bien réelle et bien logique. Ce n'est que dans la manière de résoudre l'énigme qu'ils émettaient des hypothèses parfois astucieuses, parfois farfelues.

Mon FOU vient de comprendre tout ça.

Et là, je ne parle pas de sa nouvelle flamme. Que puis-je dire là-dessus ? Que les esprits créateurs ont souvent des chromosomes détraqués quand on parle des relations amoureuses (au diable le stoïcisme avec mon FOU).

Sauf que nous sommes sur la bonne voie. La pierre de Rosette, point marquant de l'origine de notre histoire, m'intéresse au plus haut point. Mais j'ai comme le pressentiment que mon FOU va tout me convertir ça en un nouvel épisode de la série *La Porte des Étoiles*… Noooooonnnnnnnn !

CHAPITRE
– 26 –

Nous ne savons pas vraiment où aller. Comment choisir quand le vaste monde s'ouvre devant nous ? Je propose d'aller d'abord manger. Rien de plus humain comme activité ! Sur les murs des toilettes du resto, je tombe sur d'étranges hiéroglyphes que je n'arrive pas à déchiffrer. Je prends une photo avec mon téléphone puis demande à cette femme, que je surnomme Isis (Is + is = JE SUIS et je suis) parce qu'elle est à la fois divine et humaine, de m'expliquer ce que signifient ces signes qui sont sans doute un nouvel indice. « Vous ne gagnerez rien à vous plaindre, à vous lamenter. » Je tente une première interprétation : plaintes, lamentations. Tristesse.

Je n'y suis pas. Elle ricane. Elle se met à turluter : « Is, is, Is, is, Is, is. »

Un peu offusqué, je la regarde en soutenant son regard. Ce n'est certes pas parce qu'elle a grandi sur les rives du Nil que je vais perdre ce défi.

Au jeu des devinettes spirituelles, je suis plus expérimenté qu'avant. Je repasse mentalement mes connaissances sur l'Égypte à la recherche de cette nouvelle énigme de Sphinx, extraite de mon sphincter.

L'Égypte. Les pyramides, Is, is. Cléopâtre et son soi-disant amant Alexandre le Grand, se cachant à travers les livres secrets de la bibliothèque d'Alexandrie pour une partie de jambes en l'air.

Non, je ne trouve pas. Elle maintient sa cadence de galérienne : « Is, is, Is, is. » Les lamentations. Je traverse le Nil du sud au nord et d'ouest en est. J'y trouve la péninsule du mont Sinaï. Ah, ah ! Enfin un filon. Le mont Sinaï. Moïse voulant voir Dieu à tout prix !

J'avoue à ce moment m'être un peu pris au sérieux, me voyant vêtu d'un tissu couleur pourpre, bâton de guide en main, à la recherche d'une conversation avec Dieu.

Et toutes ces questions qui me remontent en tête : pourquoi la vie, qu'est-ce que je suis venu faire dans ce monde ? Pourquoi, si Dieu existe, ne me parle-t-il pas ? !

Pourquoi toutes ces questions ? Pourquoi ce parcours d'hurluberlu en quête d'équilibre et de vérité à l'image d'un pion dans le jeu des échelles et des serpents ? Is, is, Is, is, Is, is. Ce mantra égyptien bourdonne dans mes oreilles. La cadence s'accélère. Me voilà replongé en pleine transe égyptienne sous le regard ensorceleur de ma nouvelle Isis.

Pourquoi ne me donne-t-elle pas tout simplement la réponse ? C'est qu'elle commence pharaoniquement à me tomber sur les nerfs ! Je lui demande de m'attendre là quelques minutes. Mon sphincter, mieux connu ici sous le nom *sphynxter,* est sur le point d'émettre une énigme que je ne tiens pas à résoudre, c'est-à-dire où me procurer une autre paire de sous-vêtements si je fais pipi dans mon pantalon.

Pendant que je marche d'un pas rapide, je ris. Un sphinxter. Ciel que je suis con. De toute façon, j'ai bien compris que le rire peut vite supplanter n'importe quelle montée de colère. Comme j'aime les jeux de mots, pourquoi pas m'en servir pour rire.

Ah, le resto du coin. Je passe droit devant l'aubergiste qui a bien compris que, s'il ne veut pas d'un affluent symbolique au Nil dans son auberge, il a intérêt à me laisser faire.

Surpris. Je m'attendais à quelque chose de spécial. Un bol de toilette en forme pyramidale, des colonnes doriques ou corinthiennes sur les murs. Mais non. Rien.

Sauf que les hiéroglyphes de la place sont bien sûr au rendez-vous.

Devenu expert dans l'art de dépister et même d'enchaîner les signes les uns après les autres, je cherche du regard le mot Isis ou sa représentation en image. Je trouve rapidement, sur le mur de gauche :

Au premier coup d'œil, on dirait une femme à genoux qui joue au basket avec un costume d'ange.

Bon. Pas très avancé.

J'y vais pour une coïncidence directionnelle. Au point où j'en suis, je lève les yeux et cherche le panier de basket que semble viser Isis avec son ballon.

Dieu du ciel! Au plafond, tout juste dans l'axe de gauche à droite, une croix. Et pas n'importe laquelle : une croix Ankh !!

Incroyable! Pas une simple croix. Une croix avec un panier de basket !!!

Pas long que j'enfile le reste dans le chas de mon esprit. Pas de chameau requis ici.

Mais je dois me rendre au pays de celui qui a dit qu'il est plus dur pour un riche (pharaon) d'entrer au Royaume des cieux (de Bouddha) que pour un chameau (Égypte) de passer par le chas (euh, cha cha cha) d'une aiguille. Quoi dire de plus que je viens d'être piqué de l'envie profonde de me rendre à Jérusalem. Le pays de Jésus. Le pays du Je suis. Je suis. Is Is...

Je ferme les yeux en signe de prière à celui qui a occupé une bonne partie de ma jeunesse, Jésus-Christ.

Je ne sais pas exactement encore où se trouve ma pierre de Rosette, mais elle fonctionne! Très bien même !!!

J'ouvre les yeux, étourdi, déstabilisé. Je retrouve Isis. Elle sait que j'ai décodé l'énigme. Je le vois dans ses yeux et je le sens dans sa fréquence débordante de joie et de gratitude. Ses enseignements ont porté fruit.

Je n'arrive pas à y croire. Je pars, sans être seul pour une fois, pour JÉRUSALEM!

Alléluia! Les gens peuvent bien croire ce qu'ils veulent, mais, selon moi, la terre, notre mère nature, notre Gaïa, possède ses propres zones érogènes. Je n'ai aucun doute que Jérusalem en fait partie. Aucun.

LE COMMENTAIRE DU PHYSICIEN

CG, bouche bée :

Qui l'eût cru ???

Nous, qui étions étudiants au Séminaire de Québec, voués à une belle vocation de prêtrise, qui pour moi se traduit par des heures et des heures à étudier la science, la théologie et les lettres, le nez plongé dans mes bouquins, allions un jour nous rendre à Jérusalem à la suite du déchiffrage d'une partie de basket entre Isis et une croix dans des latrines d'Égypte !

Imaginez : Isis, affichée dans les toilettes en position de coup franc pour lancer son ballon virtuel dans le panier d'une croix.

ET C'EST GRÂCE À ÇA QUE NOUS ALLONS EN TERRE SAINTE !

Faut pas dire ça à personne. On va se faire interner…

Sauf que nous allons vraiment sur les traces du Christ !

Outch ! Je me sens un peu fou moi-même, là !

Toute la vague d'émotions de mon frère de cervelle déferle sur moi comme la pluie de pilules qui nous attend à l'hôpital pour malades mentaux à notre retour.

Si retour il y a ! Tout d'un coup que le chariot de feu de la bible viendrait nous cueillir la veille de la fin du monde ! Que nous serions ce que les écrits appellent du bon grain et non de l'ivraie.

Moi, je ne sais plus trop qui dit vrai (même le type d'humour du FOU déteint sur moi).

CHAPITRE
– 27 –

Nous partons aussitôt pour la Ville sainte, où cohabitent les trois principales religions de l'endroit : le christianisme, le judaïsme et l'islam. Le trajet en avion n'est pas très long. Il y a une brochure sur Jérusalem dans la pochette du siège devant moi. En la consultant, j'y trouve une tête de mort ! Quelqu'un s'est donc permis d'exprimer sa créativité dans ce livre. Je songe immédiatement au chemin de croix, au mont Golgotha. Je suis un peu sous le choc. Moi qui suis très croyant, je peine à imaginer que je vais bientôt marcher sur les traces du Christ. Nous atterrissons, tandis que je me dis qu'il est tout de même étrange d'atterrir sur une terre dont la culture nous apprend à s'élever vers le paradis.

Je ne sais pas trop quelle direction prendre. Je ne sais pas si nous devrions louer une voiture ou bien prendre la navette pour rejoindre la ville. Je suis d'autant plus perplexe que je ne sais pas vraiment ce que je viens chercher ici. Ma muse me regarde, patiente et tolérante face à mon indécision. À moins qu'elle ne soit bonne comédienne. De mon côté, j'ai parfois l'impression de ne plus avoir de libre arbitre et de n'agir que sous la révélation d'un signe. J'attends qu'on me désigne la voie à suivre. Je n'ai à ce moment aucune pensée ni pour Jenni, ni pour Oli, ni même pour mes propres enfants. Je suis moi-même un petit garçon qui croit entrer dans un magasin de bonbons. La navette arrive et se gare juste devant nous. C'est réglé, nous la prenons.

Nous arrivons dans la Ville sainte et l'autocar nous laisse devant une fontaine. J'essuie la sueur de mon front et me dirige vers cette fontaine dont la simple présence est rafraîchissante.

Pour la première fois de ma vie, je foule le sol de ce lieu dont j'ai entendu parler pendant les huit années de mon cours classique. Je suis profondément bouleversé, d'autant plus que j'avais, à cette époque, pris la décision de devenir prêtre. Lorsque j'étais jeune, chaque famille digne de ce nom, dans mon Québec natal, se devait de compter dans ses rangs au moins un médecin et un prêtre, les deux confidents pour un esprit et un corps sain. Mon paternel s'étant chargé de la médecine, autre forme de vocation eucharistique, et étant le seul enfant aux chromosomes XY, j'étais celui tout désigné pour la prêtrise. Oh, non pas que ce fut une corvée. J'adorais l'église, la messe, les aventures de l'Ancien et surtout du Nouveau Testament. Qui, à cet âge, ne pouvait pas être fasciné par un faiseur de miracles?!

Et la chorale de la messe de minuit. Pur délice. J'y ai appris les notes de soprano, d'alto puis de ténor. Ma voix n'a jamais pu supporter la partition grave. Le temps m'a rattrapé, le jour où ma Jennifer est décédée. Le grave fait depuis partie de tous mes refrains et couplets.

Durant toutes ces années d'études au Séminaire de Québec, je me suis rendu seul, à pied, dès l'âge de 6 ans, chaque dimanche à l'assemblée hebdomadaire. Je n'ai eu qu'une seule collection dans ma vie. Plus de 1500 petits carnets d'église, candidement appelés les *Prions en Église*.

Je n'ai d'ailleurs jamais compris pourquoi les célébrants, après avoir répété des milliers de fois les textes d'une messe, devaient encore lire dans un livre les passages adéquats. Moi, simple et humble gamin, je connaissais chaque parole sur le bout de mes genoux usés, à force de rosaires et de pénitences pour les trop nombreuses fois où j'ai séjourné dans le confessionnal.

C'est à peine quelques mois avant ce choix irréversible de me faire ordonner prêtre que j'ai connu Jenni, sur une patinoire. Assez pour tomber sur le derrière après un élan de triple boucle piquée… Et piqué je l'ai été. D'un coup!

Je suis tombé follement amoureux, bien avant qu'elle n'accepte enfin de s'abandonner à moi. J'ai défroqué illico! Avec elle, c'était ici et maintenant, *hic et nunc*. Jenni m'a fait comprendre qu'il était inutile de passer sa vie à genoux. Que l'adoration du divin passait par le respect des connaissances et des talents, par l'amour pour sa famille et son prochain, et par la paix de l'esprit. *Amen!* Grâce à elle, j'ai quitté le monde clos de la soutane. Je me demande parfois si elle n'a pas été placée sur ma route seulement pour me montrer quelle voie suivre. Son passage dans ma vie a été bref, certes, mais depuis ce temps, j'ai toujours suivi le chemin qu'elle m'a ouvert. Dieu qu'elle me manque!

Et me voici, maintenant, sur les traces de celui qui a laissé les siennes pour un avenir meilleur, avec Jennifer aux loges angéliques. Je me retrouve en Terre sainte, aux côtés d'Isis, certes une autre de ses incarnations parallèles.

Celle qui m'accompagne physiquement, Isis, n'a aucune idée de ce que cela représente pour moi d'être à Jérusalem. Et je ne lui en dirai rien. C'est mon histoire à moi. Notre union se situe au-dessus de la simple confidence. Elle me propose d'aller manger une bouchée.

Nous entrons dans un étrange restaurant. L'établissement est des plus typiques. Il s'agit, à première vue, d'un lieu traditionnel, réservé à la population locale. Mais, chose curieuse, il est bondé de touristes. Je ne me sens pas du tout à ma place dans ce décor et je deviens de plus en plus angoissé. Je me réfugie alors aux toilettes, puis je laisse ma colère s'exprimer. Je suis à nouveau en proie à un épisode spontané de colère contre le Dieu que je viens ici vénérer. Comment a-t-il pu me prendre Jennifer, celle que j'aimais tant ? Cette fois, c'est moi qui déverse ma colère sur le mur des toilettes et qui, oh sacrilège, laisse mes propres écritures saintes : « Il est où l'ost… de Judas qui a tout saboté ? » Et j'ajoute une longue série de jurons. En Terre sainte, chaque juron proféré fait doublement du bien, comme s'il était également doublement répréhensible. Mais je ne me sens pas du tout coupable. Ma colère a maintenant fait place à une sérénité bienfaisante. Je retourne dans la salle à manger et commande n'importe quoi. De toute façon, je n'ai pas vraiment faim.

Tout en regardant ma muse manger, je cherche à comprendre le sens de ma colère. Je cherche aussi à comprendre pourquoi cette terre a été et est toujours l'objet de querelles inutiles. Pourquoi les hommes s'entredéchirent-ils plutôt que d'accepter le partage ? L'humanité, il me semble, a un long chemin de croix à faire.

Nous nous rendons ensuite au mur des Lamentations. Tant qu'à être ici, aussi bien commencer directement par le plat de résistance. Plus de temps à perdre, l'équilibre et la pierre de Rosette sont toujours dans ma mire. Ma question est toujours fraîche dans mon esprit : comment vivre une vie pleine de piquant, d'aventure, de Dieu, de science, de sport, de mystère, de risque, de Jennifer, d'Olivia et de mes enfants ?

Je fixe du regard le mur des Lamentations. Juste à ses côtés, une mosquée. On aurait dit un trou noir de mouvements religieux. Tout migre vers ce mur, par la gravité de son pouvoir.

Je me sens étourdi, une étrange sensation de transe me fait tanguer, voire tournoyer, un peu à la manière des maîtres et maîtresses derviches, membres de la poétique branche du soufisme, embranchement mystérieux de l'Islam, par laquelle la poésie incite les fidèles à induire un courant électrique dans leur colonne vertébrale en tournoyant sans condition et sans retenue sur eux-mêmes, jusqu'à une transe inconditionnelle et incontrôlée.

Je réalise alors que le mur des Lamentations porte bien son nom. À peine trois mètres avant d'y arriver pour le toucher, je me mets moi aussi à pleurer sans pouvoir retenir mes torrents où se noient littéralement iris, pupille, cristallin et cornée.

Ce mur a certainement des pouvoirs de purification. Pour m'y rendre, je dois traverser une tempête de pleurs, de cris, de souffrances. La détresse du monde entier se déverse ici. Il me faudra près d'une heure pour me rendre jusqu'au mur et le toucher. Mes yeux n'ont jamais été aussi rouges. Une fois arrivé au pied du mur, je m'écroule littéralement. Je comprends pourquoi des millions d'humains viennent jusqu'ici pleurer leur souffrance. C'est davantage qu'un geste symbolique. Je dois m'éloigner au plus vite.

Pendant que je peine à m'extirper de l'état et de l'endroit, ma pierre de Rosette tente de me fournir un autre indice pour trouver réponse à ma question. Car j'ai bien compris que, dorénavant, je n'ai plus besoin de me prouver que les signes, graffitis et apparentes coïncidences existent en demandant d'autres signes, graffitis et apparentes coïncidences !

Non. Ce temps est derrière moi. J'ai seize années de vécu pour le prouver. Désormais, chaque signe mérite d'être décodé sur la toile de fond d'une question.

La réponse que je déduis du face à face avec le Mur, c'est que, pour atteindre l'équilibre et tous les ingrédients de la sauce recherchée, je dois me pardonner. Moi, moi seul. Je dois faire la liste de chacun de mes regrets, chacun de mes remords et me les pardonner. Je retombe sur mes genoux. Je lève les yeux au ciel : « Père, pardonne-moi, je ne sais pas ce que je fais. »

Une image se cristallise littéralement devant mon regard encore embrouillé par toutes les larmes. C'est Jenni. Elle ne veut rien entendre de mon besoin d'autoflagellation. S'éclaircissant progressivement, la silhouette se rapproche. Plissant les yeux, un frisson me passe dans le dos. Elle ne veut plus que je m'en fasse avec le passé. Elle insiste. Elle semble crier de toutes ses forces : « Chéri, c'est fini. C'EST FINI !!! ARRRRRÊTTTTTTTE !!!! !! Pardonne-toi, ne reprends pas ton grabat et marche ! »

C'est qu'elle aurait même eu le culot d'envoyer paître notre Jésus, s'il avait parlé de traîner son grabat devant elle. Outch !!

La silhouette est devenue forme. C'est Isis. Elle m'a retracé. Nous nous embrassons longuement. Ses baisers et ses étreintes m'ont peut-être déjà fait perdre la tête, mais, en ce moment, ils m'aident à retrouver mes esprits, à reprendre contact avec la réalité. Je pensais avoir touché le fond du baril.

J'avais tort. Ma muse s'apprête à me faire descendre encore plus bas. Non mais, qu'est-ce que j'ai au c... Shhhhuuuuttttttt !

Isis ne me laisse aucun choix. Elle est en mission. Une mission de sauvetage. Mon âme est fragile, à la dérive au moindre coup de vent, au moindre soupçon d'écriteau mal interprété. Je ne suis pas à une croisée des chemins, non : je suis au tout début du chemin de croix.

Il n'y a qu'une seule route. Je suis effrayé. Ce n'était, au départ, qu'une petite promenade, mais la charge émotive est telle que je ne crois pas pouvoir me rendre jusqu'au bout. Je m'inspire du courage du Christ et j'entreprends de marcher dans ses pas.

Je butte contre une roche et tombe face contre terre. Ma muse me relève. J'ai l'impression de réellement porter une croix. Le poids sur mes épaules est perceptible. C'est le poids de l'absence de celle que je désire de plus en plus retrouver au ciel, en enfer, n'importe où, Jennifer. Je serais même prêt, poussant les limites de ma propre arrogance, à subir tout ce que le Christ a subi si cela me permettait d'aller la rejoindre dès aujourd'hui. Quelques heures de souffrances pour une éternité avec elle, n'importe quand ! Cela donnerait au moins un sens à mon calvaire.

J'ai envie d'abandonner, mais la muse, que je ne m'approprie plus d'un pronom possessif, me pousse à poursuivre mon chemin. Son courage me donne des ailes et j'obtempère, je suis obéissant. Je commence à croire qu'il y a une raison à notre rencontre. Que cette relation somme toute physique va me mener beaucoup plus loin que je l'avais imaginé. Quelques minutes plus tard, nous nous trouvons à l'endroit des Sept Paroles prononcées par Jésus sur la croix. La muse me regarde avec des yeux mouillés, qui scintillent comme un ciel étoilé :

— Tout est accompli. Tu as réussi à te départir de ton passé. Je retourne maintenant à mon futur en Égypte. J'ai accompli ma mission avec toi. Poursuis ton chemin, je me souviendrai toujours de toi. Tu as marqué ma vie à jamais.

PARDON ??? Une mission ? Je n'étais qu'une mission pour cette prêtresse du Nil ? Non mais, je commence à en avoir assez de me faire bousculer comme une bille dans une machine à boules !!

Mais pourquoi part-elle ? Je suis qui moi ? Un long chemin que les individus en quête de sens n'empruntent qu'un bref moment ?

Avant même que je puisse m'opposer à sa décision, Isis a disparu.

Un passant, voyant mon désespoir, m'aide à me relever. Il me raconte que tous ceux qui ont le courage de suivre le chemin de croix le font dans la douleur. Il me prend dans ses bras et me livre le secret qui me donnera une fois de plus la force de réussir :

— Ici, c'est le calvaire, mais n'oublie pas que la résurrection n'est qu'à quelques jours.

Pendant des années, j'ai étudié les Saintes Écritures. Je ne m'attendais pas à les vivre un jour. Cet homme m'emmène chez lui. Il roule son Pierre, pour cacher les restes de mon passé. Son hospitalité me fait chaud au cœur. Il me tend un thé à la menthe. Un petit garçon entre dans la pièce. Il me voit et comprend ma détresse. Il joint les mains et me dit que les anges veillent sur moi. « Bien sûr », pensai-je sarcastiquement en moi-même. J'ai comme l'impression que c'est l'inverse. Les anges, je les divertis de mes péripéties et souffrances. Un acteur dans une véritable télé-hyper-réalité pour eux, écrasés sur leurs nuages devant l'écran de ma vie. Belle gang de… Pas le temps de compléter ma phrase que le petit commence à me parler par signes et sons.

Si la vérité sort de la bouche des enfants, je dois écouter, *right*? Alors j'écoute. De nouveau à la case départ.

Je ne vais tout de même pas abandonner ma quête de je ne sais plus trop quoi pour un autre mélodrame. Non, je suis cuirassé, me dis-je en fronçant les sourcils. Je suis comme un soldat romain, une patrouille romaine, de répéter mon Astérix mental. Poussons ce délire à fond, tant qu'à y être.

Si les anges veillent sur moi, et si la vérité sort de la bouche des enfants, je veux me rapprocher des miens. Ils me manquent. Un immense vide fait son apparition dans un cœur encerclé par des émotions au carré. Curieusement, je m'ennuie tout à coup profondément de la routine d'Olivia, des petits gestes répétés du quotidien. Il faut croire que toute bonne aventure a une fin.

Et tu parles d'une fin! Des années de quêtes «spiritus-délirantes» sous l'auspice de signes extraits des murs des toilettes.

Wow! Pour un délire, c'en est tout un.

Même Spielberg n'aurait pas songé à pareil scénario!!

Je retourne en Amérique! Fini. *Finitus. Sanctus.*

«Les anges veillent sur moi.» Alors on va voir. Je ne me sens pas prêt pour un retour sans avertissement dans l'entourage d'Olivia. Il me faut un escalier. Quelques pas de préparation, en terre d'Amerigo Vespucci et de Christophe Colomb. Cette fois, ce n'est pas l'explorateur qui cherche la route des Indes et découvre l'Amérique. C'est l'aventurier en plein délire de graffitis qui rapporte les atouts de l'Inde *in America*.

Bon. Allez, les anges. Bougez-vous le popotin! Un signe, *please*. Allez en paix, les anges, *ite in pace Los Angeles*.

Los Angeles.

Pourquoi pas! Bel endroit pour ma première marche de retour en Amérique. Mon équilibre prend forme. Jennifer est là. Bientôt, je retrouverai Olivia et mes enfants, ma vie déborde de piquant et de risques. J'ai compris comment décoder les signes.

Mais j'ai peur. J'ai peur de l'ennui. Cet ennui, prison de la routine, qui m'a projeté une deuxième fois loin de ma terre natale. Ne dit-on pas jamais deux sans trois?

Il me manque un dernier indice.

Pierre de Rosette, comment ferais-je, tout en demeurant avec Olivia, véritable clone de Jennifer, pour tolérer le quotidien et ne pas m'ennuyer sous l'égide d'un Chronos impitoyable ?

Je trouverai. La pierre de Rosette ne me quittera plus. Je trouverai. *L.A. it is.*

J'ai encore quelques couches de passé à perdre *anyway*.

En prenant mon billet pour Los Angeles via Internet, mes petites poussées d'ange cornu attirent mon attention sur le nom de l'aéroport : LAX. Hum, ça sonne comme « laxatif », tout ça. Parfait. D'autant plus que la majorité de mes signes, je les ai découverts sur les murs des toilettes…

LAX IT IS. The show must go on. Je *feel* Hollywood. Et qui sait, peut-être vais-je y trouver un producteur de films qui voudra mettre ma vie sur grand écran.

Hollywood. LAX. WOW ! Me revoilà parti dans mes grandes rêveries. C'est moi. Le tout pardonné. *Show must go on !*

Je demande à mes gentils hôtes à ce qu'on me conduise à l'aéroport. L'homme à l'âme charitable m'a décroché de la croix imaginaire sur laquelle il m'a trouvé. Il accepte maintenant sans hésiter de me mener à l'aéroport. Je suis tombé sur un bon samaritain. À la fin de la course, je lui tends un peu d'argent, mais il le refuse.

— Donne sans condition. Dieu se chargera du reste, me dit-il au moment où je sors de sa voiture.

CG, tripoté par la vie :

J'ai le raisonnement en compote.

D'abord les lamentations, puis la mémoire intense de Jennifer, puis le chemin de croix, puis les réflexions sur la mort, puis le départ de la muse, puis, puis, puis, ASSEZ !!!

Je ne suis qu'un hémisphère pour rationaliser tout ça. Il y a une semaine à peine, je salivais à l'idée de visiter la bibliothèque d'Alexandrie et me voilà à compter mes pas sur le chemin de croix.

ON SE CALME !

Je n'en peux plus.

Sacré FOU, je vais tout simplement décrocher. Tu vas t'arranger tout seul.

La vie de routine n'était pas si mal, après tout.

Trouve la réponse à notre soif d'équilibre et retournons chez nous.

Toi, tu interprètes le tout et moi, je prends des vacances en gardant tous mes doigts mentaux, mes neurones, croisés, pour qu'Olivia veuille bien nous reprendre. Une autre fois.

Quittons. *NOW!!*

LAX ? OK.

Toi tu « laxes », moi, je relaxe. Tu comprends ce langage de clown, au moins ?

Pour autant que nous ne quittions plus l'Amérique. Et l'Amérique du Nord, svp. Du moins, tant qu'Olivia ne vient pas avec nous. Et les enfants. Et le perroquet. Et le chat. Et le dragon d'eau, et l'oiseau, et les crabes, et le poisson, et le chien. TU COMPRENDS. F i FI n i NI.

L'Amérique. GO. Et rien qui commence par « spirit » pour un temps (non non, pas de spirituel ni de spiritueux, qui conduit toujours à du spirituel *anyway*). Du terre à terre. *That's it, that's all!*

CHAPITRE
– 28 –

Après avoir perdu ma mère, mon amour Jennifer, ma femme Olivia, mes enfants, ma muse Isis, il ne me reste plus que la raison à perdre. Voilà qui est fait ! Mais je n'ai pas dit ou plutôt lu mon dernier mot, mon dernier indice. Je sais ce que je veux maintenant. Tout ce qu'il me reste à régler, c'est de trouver comment vaincre l'ennui une fois mes aventures terminées.

Je n'ai maintenant plus rien à perdre et tout à gagner. Je suis en *stand-by* pour Los Angeles et je repense à celui qui m'a si généreusement recueilli dans la rue. «Donne sans condition...» C'est ce que j'ai fait toute ma vie, et pourtant je suis encore seul.

Je sens que ma foi flanche à nouveau. Je viens tout juste de quitter la Terre sainte, même que, techniquement, j'y suis encore, et je suis en proie à une crise de foi. Je remets en cause la seule chose dont je n'ai jamais douté. J'espère que les anges sauront m'éclairer.

Dans l'avion, je m'endors comme un bébé. Je m'en remets à l'horaire déréglé que les agents de bord nous imposent : une boisson, une collation, un repas en plein milieu de la nuit, une autre collation avant de tamiser l'éclairage... Entre chaque service, je me rendors. Au bout d'un moment, je dois aller aux toilettes. Je sais déjà ce que je vais y trouver. Je m'assieds et lis : «Les artistes sont ceux qui jouent le plus et qui changent le monde. Sauf qu'ils n'assistent pas au changement parce qu'ils quittent ce monde bien avant que leur message ait été compris.»

Je suis un artiste et je suis en route vers la ville la plus libre et la plus artistique des États-Unis. Je suis écrivain, chanteur, musicien, acteur... Je suis aussi joueur. Comment dois-je interpréter ce message ? Est-ce que je vais quitter le monde avant d'être compris ? J'aimerais tellement pouvoir le changer, l'améliorer un peu avant de le quitter.

En sortant de l'aéroport de Los Angeles, je me rends directement à Venice Beach. Je loue une paire de patins et je fais comme tout le monde, je roule sur la piste qui longe l'océan. En très peu de temps, je réussis à maîtriser parfaitement mes bottines à roulettes. Cette fois, c'est les babines qui tentent de suivre les bottines !

J'attire l'attention d'une jeune Californienne et je feins un coup de fatigue pour m'arrêter un instant à côté d'elle, sur un pas à la Travolta dans *Saturday Night Fever*. Assurément consciente de mon manège, elle vient tout de même me parler. Nous ne parlerons pas longtemps !

— *Your room or mine?*

Sans blague ! Je ne croyais pas que ce type de drague, cru et sans gêne, existait pour vrai. Il n'y a pas vingt-quatre heures, j'étais couché en pleurs sur le Golgotha, puis deux coups de patin plus tard, je me fais proposer une baise de la façon la plus directe qui soit. Je choisis « *Your room* », sans lui avouer que, moi, je n'en ai aucune. Après tout, je suis officieusement séparé, par mes propres décisions, et je suis loin d'être certain qu'Olivia m'accueillera sans question. Moi, j'écoute les signes que m'envoie Jennifer. Et si c'est l'heure d'une Californienne, c'est l'heure d'une Californienne. Bon.

N'est-ce pas l'illustre Ralph Waldo Emerson, héros de la littérature transcendentaliste, qui a écrit : « Réussir sa vie, c'est réussir la prochaine heure » ?

Alors moi, je n'ai pas du tout l'intention de rater ma vie. Donc, cher Ralph Waldo Emerson, ma prochaine heure, ce sera une réussite. Avec une Californienne, *thank you very much. Que sera sera.*

Je me répète sans cesse une foule de blablas justificateurs, ne laissant aucune place aux soupirs et syncopes de la musique de culpabilité dans ma barre de mesure pas barrée.

L'Américaine à roulettes me repose la question : « *So, my room?* »

Ici, pas le temps d'émettre aux oreilles d'une dame une poésie du genre *La Chanson de Roland*, comme au temps de Charlemagne (je me lance une blague en pleine tête pour ralentir mon rythme cardiaque : en Inde, on visite les temples de Kali, mais ici, c'est la Kalifornique…)

Nous n'échangeons même pas nos noms avant de plonger sous l'édredon. C'est à mon tour de surprendre grâce à mes talents. Il faut dire que les enseignements de ma geisha et ceux de ma muse égyptienne sont encore frais dans ma mémoire. Quelques heures plus tard, je quitte son lit où elle a fini par s'endormir, épuisée par tant de sensations. Dans le salon, je trouve une guitare et je commence à la gratter, en improvisant une courte chanson :

« Je suis un archéologue du rôle de vie

Je cherche sans relâche l'amour de ma vie

Je laisse le destin et les signes me montrer ma prochaine destination

Je suis de toutes les langues

De toutes les musiques

De toutes les nations. »

Je repose la guitare et je pars sans dire au revoir, sans même lui laisser un moyen de me joindre. Je disparais. Je remets mes bottines à roulettes et retourne au kiosque de location. Je devrai payer un extra pour le retard…

Je m'assieds ensuite sur la plage. Il fait un temps magnifique, malgré la fraîcheur de l'air. Je cherche le prochain signe. Je n'ai pas à attendre longtemps.

Je regarde des jeunes qui font du patin sur le trottoir longeant la plage. Derrière eux, j'aperçois un mur de béton sur lequel des artistes ont laissé libre cours à leur imagination. L'un d'eux s'est librement inspiré de Jim Morrison et de la célèbre chanson *The End*. J'ai l'impression qu'on m'ouvre une nouvelle porte de la perception : « *The West is the best*. La meilleure chose qui puisse t'arriver, c'est de t'abandonner à la vie, quitte à en mourir. Le soleil se couche toujours à l'ouest. À l'ouest, tu trouveras les clés du paradis. »

Je marche quelques instants dans le sable, parmi des dizaines de personnes qui cachent leurs yeux derrière des lunettes de soleil. À croire qu'elles en ont honte. Je me demande si elles portent ces verres pour se protéger du soleil ou pour pouvoir le regarder bien en face.

Tel un itinérant, je continue de marcher, à la recherche de ma prochaine destination. Je dois garder espoir dans mon vagabondage. Sinon, je me jetterai en bas du premier pont.

Les ponts servent à deux choses. Traverser de la rive de l'enfer à celle du paradis. Ou bien marcher jusqu'à mi-chemin et se lancer dans la rivière de ses regrets. Je préfère nettement essuyer mes échecs et me laver de mon passé plutôt que de me noyer dans le fleuve de mon désespoir. Ce type de saut, je l'ai évité de près dans les toilettes du centre commercial de Québec, avant de trébucher sur la canne d'un aveugle. Ce fut la dernière plonge où j'ai considéré le suicide comme porte de sortie. Non. Pas une option. C'est ça, un *dead end*. Une fin qui elle-même est morte. Qui ne laisse aucune chance à un deuxième tome de vie de prendre racine dans les restes du premier.

Revenant à la question de comment vaincre l'ennui, je me fais rire en pensant que le type de rencontre impromptue et soudaine que je viens de vivre n'existe que dans le Xanadu de mes pensées.

Je quitte la plage et reprends la route. Je suis assez loin du centre-ville de Los Angeles et je décide de prendre un taxi pour m'y rendre. Je lève le bras dans l'espoir d'en arrêter un. Après quelques tentatives, une voiture taxi s'arrête devant moi. Le nom de la compagnie est Francis Cab. Francis. François en français. Et là, je clique. Je clique solide. Saint François d'Assise. Lui, c'était le *party guy* de l'Église. De toute façon, je ne vais plus dorénavant, sans jeu de mots, suivre que ce qui commence par un saint. Pour les autres types de seins, j'attendrai maintenant ceux d'Olivia. Un esprit sain dans un corps sain. Plusieurs homonymes. Une seule question. Une dernière. Vaincre l'ennui.

LE COMMENTAIRE DU PHYSICIEN

CG qui s'en fiche sauf pour le retour de l'équilibre dans sa vie :

Je ne veux rien savoir. Je ne veux rien entendre de ta Californienne à pop-corn, de tes patins à roulettes et des paroles de Jim Morrison.

Bravo d'avoir choisi de consacrer ta vie à Olivia. Pas certain qu'elle va faire ce même choix.

On verra.

Je ne te reparlerai qu'après ta décision de rentrer chez nous.

Tsut tsut. Vas-y, à San Francisco. Trouve-la, ta réponse à comment vaincre l'ennui pour atteindre l'équilibre dans une routine divertissante.

Oui, j'ai bien pensé « une routine divertissante ». Ce n'est pas un oxymoron. C'est que tu ne m'as jamais interrogé, moi ton homologue mental, sur cette importante question d'équilibre.

Moi non plus, je ne veux plus d'un équilibre plat et ennuyeux. Tu m'as montré ça. Maintenant, permets-moi de te montrer aussi quelque chose. Tu dois émettre la bonne question avant d'interpréter tes signes. Alors, émets la question : comment vivre une routine divertissante ?

Tu verras…

Au moins, à San Francisco, tu as vu Alcatraz. Et les homosexuels ont eu tôt fait de te ramener sur terre.

Le Golden Gate Bridge. Ça, c'est du concret. Ça, ça tire du génie créatif appuyé sur des équations solides et rigoureuses.

Tu vois, c'est ça qui nous décrit. Du génie créatif ET une logique rigoureuse.

Pour la énième fois, ne me fait pas poireauter encore longtemps.

CHAPITRE
– 29 –

Saint François d'Assise, l'un des personnages ayant le plus marqué ma formation chrétienne, a tout sacrifié pour apporter la paix aux femmes, aux enfants et aux démunis. Saint François. Ma destination, c'est San Francisco, bien sûr !

Il ne me reste que 800 $. Tant qu'à remplir les coffres d'une compagnie aérienne, je fais une proposition inusitée au chauffeur : 600 $ pour une course de 600 km. Il prend à peine cinq secondes pour réfléchir en me toisant dans le rétroviseur et il accepte. Je sors du véhicule et monte m'asseoir sur la banquette avant. Direction le Golden Gate par la Pacific Coast Highway. En route, je demande au chauffeur si nous pouvons nous arrêter dans le temple de l'auteur érotique par excellence : Henry Miller. Il accepte, d'autant plus qu'il a besoin d'une pause, lui aussi.

J'ai l'impression d'entrer dans le paradis de l'érotisme lettré. L'ambiance est des plus frivoles ! J'achète pour une centaine de dollars de bouquins, de quoi stimuler mon imagination pendant des heures, puis nous reprenons la route vers San Francisco. Je vais bientôt comprendre pourquoi le célèbre pont de cette ville s'appelle le Golden Gate et pourquoi la prison d'Alcatraz est à ses pieds.

J'avais en tête, bien sûr, comme à peu près tout le monde, une image de ce fameux pont. Mais le voir de mes yeux, en étant si près, c'est une tout autre expérience. Une fois arrivé à destination, je remets la somme promise à mon chauffeur en lui souhaitant une bonne route de retour.

Les bras chargés de livres, les écouteurs dans mes oreilles, je m'apprête à traverser le pont à pied. Au centre du pont, une vieille mélodie de Glen Miller se fait entendre dans mon baladeur. Un bouquin de Miller dans les mains, une chanson d'un autre Miller dans les oreilles, je gagne petit à petit l'autre rive. J'entre alors dans le premier bar que je croise et commande... une bière Miller !

Je me rends compte rapidement que je suis dans un bar gai. Mais je n'en ressens aucun malaise. À peine ma bière terminée, j'en commande une deuxième. Puis une troisième et une quatrième. Je n'arrive pas à étancher ma soif et mon envie d'ivresse.

Ma tête commence à tourner, sous l'effet de l'alcool. Je prends, au hasard, un livre de Miller et l'ouvre : « Pour sortir de ta prison et traverser le pont de ta vie, rien comme cesser toute forme de jugement sur la vie d'autrui pour confirmer tes points de vue. Ici, suivant les traces de la vie de saint François, le sexe prime et chacun permet à chacun la liberté de ses choix. » J'avoue, je romance un peu ! C'est l'alcool qui me donne de l'imagination et j'interprète plus que je ne traduis ce que je lis.

Je retiens de ces phrases qu'il faut perdre tout jugement sur la vie et le choix des autres, sinon c'est à moi que reviendra le poids de porter mes propres jugements.

En quittant les lieux, j'aperçois deux hommes qui s'embrassent sur la banquette arrière d'une voiture. Ils semblent passionnés et, pour une des premières fois de ma vie, je ne porte aucun jugement sur leur relation. Je n'ai absolument aucune envie d'assister à leurs ébats, mais j'ai l'étrange envie de les applaudir. Je suis touché et ému par des scènes que, il n'y a pas si longtemps, j'aurais condamnées.

Depuis des heures, je marche dans les rues de San Francisco. Je monte et descends, sans me lasser. J'entends, au loin, le bruit d'un moteur de voiture puis celui d'une carlingue qui atterrit violemment sur l'asphalte. Des gens crient et applaudissent. Je m'approche et reconnais l'endroit : plusieurs poursuites en voiture ont été tournées dans cette rue en pente. De vrais casse-cou s'élancent au volant de voitures tout à fait ordinaires pour nous faire revivre la magie du cinéma. J'ai l'impression d'assister à un rodéo pour automobilistes ! Ces pilotes se rient des lois sur la sécurité routière pour le simple plaisir de flotter quelques secondes, libres comme l'air, en dévalant cette pente à bosses.

J'aperçois, tout près, un bar avec une terrasse où je pourrai boire une autre bière tout en assistant au spectacle. À peine installé, je remarque l'enseigne du bar : The Key West. Les paroles de Morrison me reviennent en tête. « *The West is the best.* » Et la suite du graffiti : « À l'ouest, tu trouveras les clés du paradis. »

Plus les heures passent et plus ma vie semble s'accélérer. Pourquoi? Je ne sais pas. Tout ce que je sais, c'est que je dois retourner chez moi. Je dois boucler ma boucle. Je dois me raccrocher à cette vie terrestre où matière, commerce et famille font heureux ménage même si temporaire.

Je sais pourtant qu'il me manque une réponse.

En fait, je n'ai peut-être pas posé la bonne question au tout début de mon aventure, déclenchée par l'annonce du décès de Jenni.

Si la bonne question n'était pas la quête du bonheur, mais la quête de la bonne heure?

Si, au fond, le temps était la seule vraie récompense? Si le fait d'être limité par le temps nous offrait des possibilités illimitées?

Si le paradis n'était pas dans la destination NI dans le chemin pour s'y rendre? Si le paradis ne consistait qu'à maîtriser le temps? Tous les choix deviendraient à ce moment équivalents et tout aussi savoureux les uns que les autres!!

Je suis en pleine effervescence de réflexions.

Des années d'aventures et de décodage de signes pour découvrir qu'il n'y a pas vraiment de signes. Que tout n'est que question de choix et de scénarios.

Qu'au fond, on n'a comme seul allié que le temps.

Justement, j'ai le temps. Je prends le temps. Je veux finir cette chasse au trésor avec un autre indice. Non pas pour gagner du temps, mais pour jouer avec le temps.

Et comme des dizaines de fois auparavant, je me mets à l'écoute d'un signe pour trouver ma dernière destination avant de rentrer à la maison.

C'est mon jeu. Mon jouet. Celui que j'ai pris le temps de bâtir, peu importe ce que les autres en pensent. Je suis bien dans MON temps.

Je réécoute la chanson du groupe The Doors. Pour moi, ce groupe était devenu The Bathroom Doors.

J'écoute. *The West is the best.* J'ai déjà trouvé les clés de mon temps. Les clés de mon paradis.

Je déchiffre mon dernier indice en un tour de main: *the West* + les clés: les clés de l'ouest.

Key West!

LE COMMENTAIRE DU PHYSICIEN

CG, de retour en poste :

Hé, le FOU !

Tu es sur le point de comprendre ce que j'essaie de t'enseigner depuis plus de seize ans !

Que tout est temporaire.

Que, si tu acceptes de terminer cette chasse au trésor, notre Jennifer ET notre Olivia se chargeront de descendre sur terre pour nous offrir de nouvelles chasses au trésor.

Laisse tomber tes signes, pour de vrai cette fois. Je te remercie moi aussi de m'avoir fait comprendre que la routine sans le piquant, ce n'est pas pour moi non plus.

CHAPITRE
– 30 –

Je me mets de nouveau en *stand-by* à l'aéroport. Cette fois-ci, je pars pour Miami. Il ne me reste plus que 50 $ en poche et j'espère de tout mon cœur que l'argent va me tomber du ciel. Qu'il me parviendra directement des mains de mon «ange gardienne» Jennifer. Je suis persuadé que c'est elle qui place tous ces indices sur ma route, que c'est elle qui dicte mes départs et qui organise cette chasse au trésor. Cette femme dont j'étais amoureux — et dont je serai amoureux toute ma vie —, était comme une mère pour moi. Elle veillait sur moi quand elle était sur terre et continue de le faire d'en haut. J'ai la chance d'avoir rencontré des femmes extraordinaires. Elles sont malheureusement parties trop tôt. Je pense au dicton: «Deux têtes valent mieux qu'une» et je me dis que deux mères valent mieux qu'une.

En évoquant ces deux pertes, je me sens un peu triste et je me remets à pleurer. J'ai perdu toute pudeur et je me fous qu'on me voie pleurer en public. Je me laisse aller, ces sanglots sont un acte libérateur, dans ce qui sera mon dernier acte d'apôtre des signes et des latrines.

Un homme en fauteuil roulant s'approche de moi. Peut-être en clin d'œil au vieil aveugle qui m'a mis sur la voie au début, il pose sa main sur mon épaule, comme pour sympathiser avec ma peine. Spontanément, je lui raconte mes ennuis, mais en commençant par la fin. Je lui fais d'abord part de mon problème d'argent, puis lui raconte ma cavale des dernières semaines, ma famille que j'ai égoïstement abandonnée, jusqu'à arriver à l'événement à l'origine de tous mes chagrins: la disparition de ma blonde Jenni. Il est touché. Mes confidences l'ont ému. La confiance attire la confiance et il me raconte qu'il a tout perdu, lui aussi. À commencer par l'usage de ses jambes lors d'un bête accident de voiture. Je lui réponds qu'il n'a pas tout perdu, puisqu'il a la vie, contrairement à mon premier amour. Cette remarque semble le ressaisir, lui redonner un peu d'espoir.

Cet homme handicapé a cinquante ans et a hérité récemment d'une importante compagnie de disques. Il souhaite m'aider. Il veut à tout le moins régler mes besoins immédiats et il me donne la somme de 1 000 $ et le prix d'un aller simple pour Miami, insistant pour que je ne revienne pas sur mes pas. Un aller. Pas de retour en arrière. Ma surprise est totale. Ce type de générosité spontanée existe donc encore sur une terre que j'étais prêt à déshérité de mes passions. J'hésite à accepter, mais il insiste. Il considère que c'est peu payé, car je lui ai fait réaliser qu'il avait de la chance d'être encore et toujours vivant. Il m'embrasse sur le front et part sans me laisser ses coordonnées.

Tout cela est proprement incroyable! J'ai dans les mains dix billets de cent dollars et un ticket pour le vol. On m'offre pour 100 $ de plus de faire graduer mon siège pour un billet en première classe. Je dis oui.

Durant mon parcours, j'ai appris qu'à force de dire non, même à l'offre d'un simple *chewing gum*, on ne goûte jamais à des futurs qui auraient pu tout nous apporter. On refuse d'entrer sur scène pour ensuite se plaindre qu'on n'a pas de rôle. Pire encore, une fois sur scène, on quitte l'acte avant de l'avoir complètement terminé.

Et c'est là, sur ce simple banc d'aéroport LAX que j'ai imprimé dans mon trottoir de béton ma paire de mains. Une trace indélébile sur mon Walk of Fame devant mon Chinese Theatre à moi.

La façon de vaincre l'ennui dans la routine, c'est de toujours, toujours dire oui aux rôles que Jennifer m'enverra. C'est ma femme, mon amie, ma fille, ma mère et ma confidente. Elle connaît mon jouet préféré: l'aventure de pousser mes limites toujours plus loin. Elle saura m'envoyer une nouvelle chasse au trésor, dans les conditions d'équilibre que j'ai demandées. Le père Noël peut aller se rhabiller. LA MÈRE NOËL EST EN VILLE. Elle, elle n'a même pas besoin que vous lui fassiez une liste de cadeaux. Elle l'a écrite pour vous et bien mieux que vous. Jésus avait raison. Sauf qu'il aurait dû s'adresser à Dieu la Mère; c'est à elle que reviennent les mots: «Demandez et vous recevrez. Avant même que vous ayez fini de parler, j'aurai répondu.»

Je me dirige vers la porte d'embarquement, plus confiant que jamais.

Pour la première fois de mon odyssée, je ne sens aucun besoin de visiter les toilettes. Je pars sans plus de question, pour une dernière marche empreinte d'un brin de nostalgie, avant mon retour triomphal au domicile familial, tel un César qui a *vidi veni vici* sa vie.

Moi qui suis d'abord et avant tout auteur et chercheur, je dois me rendre payer mes hommages à mon auteur favori, Ernest Hemingway. Il a inspiré mes rêves de plumes et de parchemins, mais il n'a pas réussi une conjugaison plus complexe que le plus-que-parfait du subjonctif. Il n'a pas su conjuguer famille et écriture.

Avec son inspiration et l'amour de Jennifer, j'y parviendrai, cette fois. Pour moi. Pour elle, pour Oli, pour les enfants. Et pour tous ceux et celles qui veulent réussir leur vie personnelle et explorer leurs talents simultanément. SIMULTANÉMENT!!!

Je prends place dans l'avion et ne peux m'empêcher d'essayer tous les gadgets dont mon fauteuil est équipé. Système de son, console de jeu, climatisation, position ajustable du dossier, des appuie-bras et de la tablette devant moi. Je suis comme un enfant dans un magasin de jouets! Seules différences: j'ai presque quarante ans et l'alcool est servi à volonté. Sauf que, cette fois, je n'opte pas pour l'ivresse temporaire. J'opte pour l'ivresse permanente.

Fidèle à mon habitude, je branche mes écouteurs, je ferme les yeux et je laisse mon doigt parcourir au hasard l'écran tactile jusqu'à ce que la musique démarre. À croire que tout est programmé: je tombe sur la chanson *Go West*, de Village People. Parfait pour mettre ironiquement le cap sur l'est!

Inspiré par le rythme entraînant, j'ai le cœur à la fête. Je commande un gin-tonic sans gin que je siffle en deux gorgées. Quelques heures plus tard, nous arrivons à Miami. Je me demande ce que je serais devenu si j'avais vécu aux côtés de ma dulcinée initiale.

J'ai la coquette somme de 900 $ en poche et je loue une voiture pour me rendre à ma destination finale. Je m'en fiche. Je ne veux pas revenir à la maison avec de l'argent. Mauvais exemple pour les enfants. Une mise de côté en retour pour les avoir mis de côté trop souvent! Quelle connerie!

Non, je reviendrai les mains vides. Comme ça, elles seront libres pour les étreindre. J'aurais pu y aller en autobus, mais, comme le dit l'incroyable Dʳ Chopra: «*Nothing but the best, forget the rest.*» J'avais assisté à l'une de ses formations à Aspen, au Colorado, et j'en garde un souvenir délirant.

Bien installé au volant d'une décapotable rouge, je traverse les Keys, un archipel dont toutes les îles sont reliées par de nombreux ponts. Beaucoup d'auteurs ont vécu ou vivent encore à Key West. Je me rends jusqu'au bout de l'île et loue un chalet au bord de l'eau pour une nuit. Une fois payé, j'aurai tout juste l'argent pour régler mon billet de retour au Québec, car, cette fois, pas d'inquiétude. Je connais déjà ma prochaine destination. Ma destination finale.

Je me détends, enfin. Enfin la tête vide de toute quête, de toute tentative de chercher à comprendre. L'écoute des signes et de ce qui me tombe sur le nez est devenue instinctive chez moi. Un réflexe instantané développé à coups de *sadhana* répétitive.

Un Ashton Cigar en bouche, je marche maintenant vers la résidence d'Hemingway.

Je m'arrête en chemin, coutume oblige, pour goûter le dessert qui a fait la réputation gastronomique de la pointe de la Floride: le Key Lime Pie.

Puis je visite le temple de l'écriture. Les lieux semblent encore imprégnés de la présence de l'auteur, Prix Nobel de littérature en 1954. C'est comme si l'inspiration d'Hemingway avait été si forte qu'elle émanait encore de partout. La tristesse et la solitude de l'homme sont également palpables. À la fin de sa vie, afin de se consacrer pleinement à l'écriture, il s'isolait complètement sur une petite île reliée au reste du domaine par une passerelle. Il devait se retirer du monde pour pouvoir s'exprimer avec tout le talent qu'on lui connaît. Mais son épouse n'appréciait pas du tout cet ermitage et ne tolérait pas ses retraites prolongées. Brimé dans ses élans créatifs, Hemingway a choisi le suicide plutôt que de supporter la restriction.

Cette vie freinée par le poids des contraintes fait naître en moi un sentiment de confusion. Qu'est-ce que je fais ici? Ai-je fait le trajet jusqu'ici pour que me rappeler la triste fin d'un de mes héros littéraires ? Devant cette maison, remplie de symboles, je réalise que ma vie n'a aucun sens. J'essaie de combler ma solitude par une foule d'aventures, mais je ne fais que m'isoler du monde. Moi aussi, je suis sur mon île, mais la mienne n'a pas de passerelle, et en plus elle est déserte.

Hemingway se perdait dans ses histoires vécues. Il tentait ainsi d'échapper à son ennui et à ses disputes familiales. Moi, j'ai erré d'un endroit à un autre, multipliant les voyages et les rencontres pour tenter d'échapper à la solitude, sans vraiment y parvenir. Mais j'avais trouvé réponse. LA réponse à ce casse-tête sans fin. C'est ça, la réponse. Un casse-tête SANS fin. Une équation insolvable, un mouvement perpétuel de défis et de oui bien mâchés.

Je suis venu jusqu'ici pour réaliser que je refuse d'abandonner l'écriture et les aventures et que je renie toute envie de terminer ma vie comme Hemingway. Il y a maintenant seize ans, je m'étais promis, dans les toilettes d'un centre commercial, de ne jamais céder à cette tentation.

C'est à Québec que j'ai connu l'amour de ma vie, c'est là que Jennifer est morte, c'est là où je me suis effondré, c'est là où j'ai voulu en finir. C'est là aussi que j'ai choisi la vie. C'est certainement là qu'il me faut revenir. Mon point de départ sera mon ultime destination. La ligne de départ et le fil d'arrivée sont un seul et même lieu, la troisième dimension qui se replie sur elle-même pour que le point A et le point B se juxtaposent. Je ris en pensant à tout le chemin parcouru pour en arriver à cette conclusion. Je ne suis pas vraiment allé du point A jusqu'au point B. J'ai compris que le point A et le point B sont exactement au même endroit !

Je cours jusqu'à mon chalet, rassemble le peu de choses que j'ai et reprends aussitôt la route. Non, je n'y passerai pas la nuit, que j'aie payé ou non ! C'est le temps qui compte, qui file. Moi je file maintenant sur l'autoroute à toute allure vers Miami et son aéroport. Mon pays, mon lieu et ma vraie vie m'appellent.

LE COMMENTAIRE DU PHYSICIEN

CG, en pleine euphorie :

Yesssssss!!!! C'est gagné !

Cette fois, je viens de voir mon FOU faire la plus belle dissertation logique que j'aie jamais entendue sur le sens de notre vie.

Cette histoire de mère Noël donne tout le sens de nos péripéties.

J'avoue que je suis un peu triste. J'ai même un peu peur.

J'appréhende le retour à la routine. Oui, monsieur, moi, le cerveau gauche. L'intelligent de la famille. Moi, je crains qu'on ne se fasse piéger dans les budgets, les devoirs et la télévision.

Mais qu'à cela ne tienne, j'aurai toujours Jennifer, Olivia et mon FOU pour m'extirper des griffes des pensées obscures.

Luke : Je suis ton père… Hi hi hi. *No way* que nous irons dans le *Dark Side to the Force* avec une équipe comme la nôtre.

High five et colle-colle au FOU !! Car sans lui, le Mur, je n'aurais pas su le déchiffrer, il m'aurait plutôt frappé…

CHAPITRE
- 31 -

Dorval, Québec. Je respire mieux. J'appelle un ami qui accepte de me prêter son chalet dans les Laurentides pour l'été. Et bien sûr, son chalet, il est à Saint-Sauveur.

Plus rien ne me surprend. Jennifer a tout manigancé. Je me sens comme une truite arc-en-ciel qui se fait tendre un hameçon par une entité de niveau supérieur.

Chérie, ton hameçon, il m'a piqué depuis la première fois que je t'ai vue à vingt-deux ans. Je n'ai jamais réussi à le sortir de ma bouche. J'ai nagé, marché, couru, plongé, étudié, prié, décroché, bu, vu, dérapé, enseigné, géré, écrit, aimé, crié, et tous les participes passés que tu peux imaginer et qui sont autant de définitions de ma vie depuis que je t'ai rencontrée.

Mais l'hameçon, je n'ai pas réussi à l'enlever. Dieu merci ! Je suis toujours accro à toi.

Maintenant, tout ce que je demande, c'est que tu continues à tourner ton moulinet pour me ramener à toi un jour ou l'autre. D'ici là, je retournerai vivre dans ce monde temporaire, avec fougue, joie et mystère, en compagnie d'Olivia, de mes enfants et de ma ribouldingue d'idées de grandeur.

Mes toilettes sont désertes. Il n'y a plus de graffitis sur les murs. Du moins, plus de graffitis dont j'ai besoin… pour le moment. Qui sait, peut-être une autre question existentielle fleurira à nouveau dans mon esprit, exigeant de toute urgence un passage devant le mur des toilettes.

Jennifer, j'ai fait le tour du monde pour te retrouver. Je peux encore patienter quelques minutes, ou toute l'éternité.

181

REMERCIEMENTS

Merci à ma mère,

Merci à mon père,

Merci à ma Jessy,

Merci à mes enfants,

Merci à mes éditeurs,

Merci à Marc et Christine, pour leur amour de la nature,

Merci à tous ceux et celles qui défendent et soutiennent les enfants, la paix, la joie de vivre et le paradis terrestre.

Merci à Danielle Lalande et Manon Bergeron, deux visionnaires du monde de l'édition québécoise.

NATOYE

THANK YOU

GRACIAS

MERCI

ARIGATÔ

PIERRE MORENCY

Chercheur, père de cinq enfants, auteur, conférencier, diplômé en génie physique et consultant stratégique, Pierre Morency a passé plus de trente ans à la recherche de l'équilibre et du succès. Les livres *Demandez et vous recevrez*, *Les Masques tombent* et *Le Cycle de rinçage* ont fait de lui un des auteurs les plus lus dans le domaine du développement personnel. Quiconque a eu le privilège d'assister à un séminaire de Pierre Morency vous dira que ce qui marque le plus, c'est sûrement la joie de réussir à recoller les pièces de ce grand puzzle : les affaires, la vie personnelle, la vie familiale et la vie spirituelle.

On s'imagine que ce fut d'abord pour lui et ses proches que Pierre s'est lancé à fond dans l'étude et l'application des Lois du Succès. Pour sa liberté et son bonheur. Heureusement, il fut vite emporté par la passion de partager ces Lois avec le monde. Fort de ses cinq années passées dans la prestigieuse firme McKinsey & Company, notre Explorateur s'est investi corps et âme dans cette quête qui lui a permis d'aider non seulement des milliers d'individus à combiner travail et plaisir, mais aussi un nombre toujours grandissant de jeunes entrepreneurs qui, grâce à ses techniques révolutionnaires de mise en marché et d'approche à la vie, ont vu leurs projets et leurs talents grandir de façon admirable. Qu'il soit en train de tester avec rigueur les bienfaits de la méditation auprès des grands maîtres en Inde ou de captiver une salle remplie à craquer de chefs d'entreprise à Boston ou Las Vegas, celui qui nous incite à répétition à « ne pas aller là où le chemin nous conduit, mais à quitter le chemin pour laisser des traces » poursuit de plus belle ses recherches et ses aventures.